广场舞

你是我的小苹果

鲁引弓 著

作家出版社

人生大广场，广场小人生，在广场起舞，一切皆有可能。

如今每座城市都拥有大大小小的广场，包括类似广场的一切空地，以及被叫作"广场"的综合写字楼、购物城。在那里，人们看似毫无道理地相遇，却因相遇而在不知不觉中改变着各自的命运。

　　我们这个故事就发生在绿地广场旁，一幢名叫"利星广场"的写字楼里。

　　"上位、搞定、升职、攻心"等职场打拼词语，宛若空气，或者说是城市里的雾霾，挥之不去地纠缠着每个出没于利星广场写字楼的白领……而从利星广场朝南的办公室窗户往下看，每天清晨或夜晚，绿地广场上那些跳广场舞的人们好像生活在另一个空间，至少在她们起舞的那一刻，她们与上述词语是没有关系的。

广场舞

【第一章】

一个神情严肃的女士走在下班的路上，带着满腹心事，即将与来自街边的舞曲相逢。

起风了，城市的黄昏，赵雅芝从利星广场写字楼里走出来，风吹拂起她风衣的下摆。瘦高的她从包里拿出一块丝巾，给自己系上，然后走向对面那条已进入下班高峰时段的马路。

　　年届五十四岁的艺术设计师赵雅芝和香港明星"赵雅芝"完全同名同姓，这是她的纠结人生之一。自视智商很高的她，对规劝她"改名"的人从来置之不理。在她的人生逻辑中，改名就是改命运。自己这辈子从已经走过的路来看，虽也谈不上有多风光有多厄运，但到这个年纪了，就害怕改变，改变往往让人无所适从，所以对于改名之类，免谈。

　　她是一个独立的女人。早年离婚后，独自抚养儿子长大，一直没有再婚。她是她那个年代的宅女，独来独往，目光锐利，没有几个朋友。在同事们眼中，她是"独（毒）行客"。

　　能说明赵雅芝"独（毒）"的细节比比皆是，比如不下雨的夜晚，她都独自出门，暴走一万步（八公里）；星期天她经常告诉儿子不用来看她，她宁愿一个人泡图书馆、展览馆，看各类书画展。她的意思是：儿子你自己玩去呗，就老妈这手艺，蹭饭也不是啥好味道，再说都在单位里像陀螺一样忙了一星期了，这"买汰烧"的活儿能省就省了吧，老妈想轻松一下，你也不累，所以自由活动吧。还有，就是上个月的一个夜晚，赵雅芝突然感觉心脏不适，就收拾好衣物，打车去医院，急诊住院，然后给儿子发了条短信，让他第二天上午来医院看她。她的意思是：我已经办妥了，我们就在医院碰头吧，这样有效率一点。

面对这样的奇葩母亲，赵雅芝的儿子赵悦常常不知所措，虽然他也知道母亲是想让他省心。

80后赵悦毕业于音乐学院作曲系，现供职于省歌舞剧院。熟悉赵悦的人都认为他和他老妈简直如出一辙，都是特立独行的主儿。事实上，赵悦与母亲心存芥蒂，当年母亲在怀着他的时候就与父亲离婚，离婚原因不详，所以赵悦至今不知父亲在哪里，干什么工作，为何离她而去，甚至连他的姓氏都不清楚，因为赵悦随母亲姓。

父亲的缺失，曾使他自卑。他深信，是母亲的怪脾气让多数人无法与她相处，包括那个父亲。

艺术设计这个专业，加上本人执迷完美的处女座心态，令赵雅芝这辈子过得清傲和冷寂。怀着孩子就离异的她自认一直没遇到对的人，所以无意再婚。不过，要说她这两年来的真正心结，倒并非是孤家寡人，而是在这家"阅读理想"文化传媒公司里打拼了数十年，还是部门的副职。按她的个性，对名利本该无所谓，但这又偏偏代表了公司对她的评价，对她努力、才华、功力的轻慢。

对自己一向有要求的她，无法忍受这样的轻慢。

受轻慢，也意味着自己在这家公司里的步履停顿。一茬茬的后来者在追上来，70后、80后，甚至连90后都登场了，价值观不同原本无所谓，但判断权、统筹权在谁手里却不可能无所谓，那些才华和经验没到这一步的家伙，频频对你的构思、方案指手画脚，实施否决，你就没法开心地过好每一天。

尤其是办公室里的某几位小娘子，焦虑劳碌，升职心切，并且还把年轻漂亮当作了武器在使，她们像花蝴蝶一样绕着公司老大强越老总飞舞。在这样一个年代，瞅着她们，虽也感叹年轻一代生存不易，但赵雅芝还是无法忍受一向出色、认真的自己，被"小字辈"搞到边缘地带的心理暗示。最近设计部总监李凯歌被北京一家公司挖走，这空出来的总监一职，按理说怎么也该轮到赵雅芝头上了，但从目前的态势看，好像不是这样。赵雅芝感觉，设计部总监助理安安有可能突然提速，超到自己前面去。

你没看到安安戴着个黑框小眼镜，围着色彩各异的长款绸巾，飘飘欲仙，有事没事像一阵阵风一样往强总的办公室里走吗？

鄙视归鄙视，赵雅芝心里也开始焦虑了。

一辈子不求人的她居然在今年的同学会后，考虑是否要找大学时代的追求者，现任省商务厅副厅长的韩霆振帮忙打招呼。省商务厅近年不断加大对文化创意产业的扶持力度，"阅读理想"文化传媒公司受惠于相关扶持基金。老韩厅长打招呼是有用的。

赵雅芝虽有老同学人脉，但她清高的个性使然，所以目前"找老同学帮助"还停留在念想阶段，而没有行动。

这样的琐碎心事，是职场里的轻尘，似有若无地飘浮在写字楼里。其实，无论身处哪个时代，对平头百姓而言，说到底，从来都是日出日落过日子。过日子，就没大小事之分。但无论大小事，不能总想，想得太多，肯定出岔。

就在这天下班后，东想想西想想的赵雅芝像个迷路的小女孩，竟然完全不记得常规的回家途径。六点半离开办公室的她，六点四十分走过一群跳舞的女人，七点半路过因卖油炸臭豆腐而卖成大富婆的"胖妞香香"连锁店,八点十分她出现在沿江路,那儿离她的家已有六公里之遥,且也不是她往常暴走的路线之一。夜色,因连日雾霾而显得特别灰头土脸,就在她走到丁字路口转角横穿马路时,一辆灰色现代轿车撞上了她!

赵悦接到母亲遭遇车祸的电话时,惊呆了。

广场舞

【第二章】

是《小苹果》的旋律让她有些走神，她听清了歌词，感觉好笑，就朝那边跳舞的人群看了一眼。

匆忙赶到车祸现场的赵悦，首先看到母亲赵雅芝坐在地上，满脸血污，地上是一摊血。

赵雅芝坐着的地方离沿江路拐角有一百米远，这么说，她被撞出去了一百米？这显然不太可能。那么，她是怎么出现在马路的这个点上？撞人司机是个女教师，早已吓得面无人色，口中喃喃而语，我看见她突然出现在路中央，我都不知道她是从哪里出来的。

而赵雅芝事后也对当时的场景非常纳闷。她说，我感觉我立马昏过去了，赵悦你怎么可能看见我坐在地上？

赵雅芝还说，我平时都是拐过沿江路向左走，这一次怎么可能是向右走了呢？我不会搞错，绝对不会搞错，我不可能向右走。

照他们这样的叙述，这可能会成为一个千古之谜。交警也听傻了，寻找周围的目击者。目击者是沿江路拐角小广场上的一群大妈，她们当时正在跳广场舞。她们说，我们听到了一声巨大的撞击声，声音响得都超过了伴奏音乐《小苹果》。

她们说，这个地段不扰民，所以我们的音乐放得震天响，但即使这样，我们也还是听到出车祸了，至于谁撞谁了，我们可没看见，跳舞是很投入的事，《小苹果》旋律一上来，人就进去了，没人东张西望呀。

事后赵悦将这些告诉妈妈的时候，赵雅芝说，《小苹果》？是的，就是这可笑的歌，那天晚上我听清了这歌词在唱啥，觉得可笑，还顺着音乐往那边看了一眼，那些大妈平时都在那里跳。

这都是后话，而车祸现场是一片慌乱。搞艺术的赵悦哪有处理这种场面的能力，他扶着地上的妈妈，脑子凌乱，围观者的各种声音围着他旋转，他像对着一地乱线头，不知从哪一个开始捡起。一回头，看见二姨赵雅兰、二姨夫钱海生、表妹钱珺珺也赶来了，他们正在挤进人堆。

比赵雅芝小一岁的二姨赵雅兰，看起来比赵雅芝老十岁，因为胖。二姨夫钱海生却又瘦又高还腰板笔直。这对夫妻无论出现在哪里，言行举止总像滑稽戏里的宝贝。

十年前被单位买断工龄的赵雅兰后来做过很多事，开过美发店、花店、内衣店，但都"无疾而终"，于是认命，心甘情愿和老伴在绿地广场跳跳舞，减减肥，聊度晚年。舞场上少有夫妻档，所以她就此产生了莫名的自豪感，这种自豪感最常态的表现方式是：嗨嗨嗨，看看看，又一对跳舞跳到要跳楼的搭子！我看人一向很准的！

赵雅兰后半辈子最大的心愿是等着女儿钱珺珺出嫁，然后抱上女儿的小baby晒晒太阳。赵氏三姐妹雅芝雅兰雅敏的爸妈是当年的南下干部，虽然官不算大，但赵雅兰从小也算是在"大院"里长大的女子，所以相亲逼婚之类的事通通不屑。她对名校毕业、目前在报社工作的女儿钱珺珺言听计从，甚至充满崇拜，她相信女儿的所有选择都是最准确的，也是最好的。

生活算不上宽裕的赵雅兰听说大姐出了车祸，携夫心急火燎地赶来，她告诉自己，千万得提醒书呆子赵雅芝在经济赔偿上绝不能心慈手软，否则后患无穷。在赶往出事地点的路上，她拨通了女儿珺珺的手机。随即她又拨通了妹妹赵雅敏的手机。

钱珺珺从城市的另一个方向赶来，作为跑社会新闻的记者，相比惊慌失措的母亲赵雅兰，她冷静得像局外人，她边用手机快速拍照，边用语音微信请报社跑交通线的记者帮忙，她镇定自若的神情和现场氛围格格不入。

赵悦还来不及与二姨一家三口打招呼，就见小姨赵雅敏也抹着眼泪冲了过来。雅敏盘着高高的发髻，穿着香奈儿套裙，像所有来自多金家庭的贵妇。雅敏捧着大姐迷糊的脸，看了看她鲜血纵横的额头，说，命大，还算命大。二姨白了她一眼，喝止了她的话，二姨对那个女教师大声说，内伤怎么样还不知道呢，去医院查个彻底。

这当儿，小姨夫周树立和他们的女儿周伊琳也赶到了。

经营着私家陶艺吧的周伊琳双手还沾着泥。她一向和大姨赵雅芝说得来。所以当她接到老妈电话时，二话不说就命令老爸周树立开车送她过来。外贸生意做得很大的周树立与清高的大姐赵雅芝气场不对，彼此远之。此刻满脸血迹的赵雅芝让周树立觉得是一个陌生人，他年轻时在部队卫生所干过，懂点医学知识，他让这一家人在救护车和医生来之前谁都别动赵雅芝。他俯下身，观察了一会儿伤者，心想多半是外伤，应该问题不大。

周树立撂下一沓人民币，说公司晚上有个重要的高层会，不可缺席，只能提前离开。赵雅敏唯唯诺诺央求他至少一起将大姐送到医院再走。周树立没有马上点头，但也没有马上走，好歹挨到了把赵雅芝送上救护车才离去。

广场舞

【第三章】

医生告诉她，如果想让腿伤恢复得快一些，可以去
跳跳舞，广场舞现在不是很流行吗？但她没去。只
有大妈才跳广场舞。那不是她的风格。

车祸那晚的事，就像一场恍惚的梦，也像无数个夜晚赵雅芝在路边恍惚走动时心里掠过的幻觉。

与问责车祸原因、索赔等等相比，捡了一条命回来这才是更大的事。所以，许多来医院探望赵雅芝的人都安慰她：只是伤了一条腿，外加撞破了额头，你真的是幸运的，必有后福。

雅兰、雅敏和亲友的关怀，无论是在时间上还是空间上，都有一个限度。在赵雅芝住院的两个多月里，越到后面，她越感到孤独。儿子赵悦和姐妹们每周分头来一次，送饭送菜，宛若值日，看得出他们也觉得累了。

终于等到出院，回家休养，四壁空寂之中，她感到了更加透彻的孤单和多愁善感，大白天她看着阳光落在窗前的富贵竹上，在白墙上、地板上移动着斑驳的枝影，她听着窗外小区里老人在打招呼，买菜啊，烧饭了吗……这一辈子就没闲下来过，所有的时间都投注于公司的事务（想来这也是有它的道理，因为一静下来，就得面对自己的孤独和无趣，所以潜意识里还不如忙着），而如今被突然停滞下来，人就不知所措了。

当她可以缓缓走动时，主治医生告诉她，如果想让腿部早点恢复，可以去跳跳舞，广场舞现在不是很流行吗？

她笑了，说道，天哪，广场舞，我可不跳广场舞，我平时走路，类似于暴走。

是的，在车祸以前，每晚她都走路，以孤身只影暴走于夜晚的江畔和街道。

医生对她摇了摇头，笑道，不能暴走，最好还是原地跳跳舞。

她没去跳舞。只有大妈才跳广场舞。那不是她的风格。

她依然在家里待着，休养着。这屋子里的空静，让她打定主意尽快去上班。她打电话给公司老大强总，强总在那头呵呵笑道，再休息休息吧，部门里的事别人多干点好了，这世上的事是干不完的。

强总这么一说，赵雅芝就更铁了心要去上班。这也是对独守空室的解脱。

哪想到，她拄着拐杖重返办公室的第一时间，她就看到了自己的悲哀。

因为安安坐在原先设计部总监李凯歌的位子上，并且正微笑地看着自己挪进屋来。安安的发型变了，短得近乎板寸，清爽，利落得像一个男孩。突然，一句老话毫无由来掠过赵雅芝脑海：风头出在头上，蹩脚蹩在脚上。此时此刻，一头一脚，正是对她和安安最深刻的隐喻。

虽然目前阶段安安还只是代理总监，还没被正式任命为总监，但这已足以刺伤赵雅芝了。

赵雅芝对围上来的同事们笑道，在家里也没事，还不如这里热闹，散散心。而其实心里乱成一团。她忍着即将夺眶而出的眼泪和腿部的隐痛、心里的屈辱。

一个上午和下午，她都坐在自己的办公桌前整理这几个月来堆积如山的信函。她的耳朵里是那一头安安的声音。

赵雅芝发现，现在的安安不仅发型变了，甚至连说话的语音都压得低沉而略扁；她给更年轻的蔡洁丽他们开小会，她让他们围坐在她的桌边，她嘴里"嗯哼""嗯哼"地肯定或否定；她利落地打电话，不知那一头是哪个客户，她的口气不容置疑……两个月不见，安安已是御姐范儿。

从自己的这个位子看过去，安安的脸还算年轻，当然，其实也老大不小了，施了淡妆，藏青色套装，笑意乖巧，眼睛里有洞悉和精明，这样的女孩当然还剩着，都三十好几了，男朋友确实好像还没有，但这不意味着她没有中意的、暗恋的人（比如，楼上已婚的强总），这是这样的 Office Lady 常遇到的坎，只有更强势、成熟的大叔才是她们的菜。所以，于她，也就只能是等着——等他人的下一轮或者等自己的情绪过去；只能是隐忍，隐忍自己的念想，而念想的东西总不会是轻易得到的。

而在场面上，她投入，劳碌，敬业，并有自己的一套。

安安像年轻时的自己吗？赵雅芝听着那头的声音，在心里想。公司里好多人都说安安像自己，是小一号的赵雅芝。对此，赵雅芝不以为然，她想，自己怎么会跟她像？那种上海女孩式的精明乖巧强悍，即使现在的自己都没有，更别说年轻的时候了，要是自己精明点，哪会混成如今这个样子？

而安安工作时那种容易焦虑、心烦意乱的模样，更是跟自己远得十万八千里。赵雅芝承认安安也算敬业，但总是喜欢不起她来。

赵雅芝在办公室里磨蹭到七点半，连新科"代理总监"安安都走人了，她才站起身。

　　在回家之前，她去了一趟卫生间，她拄着拐杖，挪到镜子前，在镜前灯惨白的光线下，自己的悲伤一览无余，她突然泪流满面。

　　憋了一天的情绪，在夜晚写字楼第十二层的卫生间里开始奔涌，卫生间里没有他人，赵雅芝失声痛哭。她听到了自己的哭泣声在寂静的空间里回旋，嘤嘤嗡嗡，像一层烟雾在灯下弥散，有那么一会儿她不知自己身在何处，想要怎么样。

　　突然，从卫生间最里面的隔间走出一个微胖女人，一手拎着拖把，一手提着红色水桶。清洁工张彩凤。

　　清洁工张彩凤刚才就听见有人在哭，其实这是写字楼卫生间里的日常节目，职场娘子军们十分奇葩地把这儿当作了情绪的纾解地，所以张彩凤对此早已见多不怪，每逢这种时候，她总是躲在卫生间的最里间久久地搞卫生，以此回避，以免哭泣者难堪。只是今晚的这位哭得实在太久，张彩凤想着还得早点回家去张罗老公的晚饭，就硬着头皮走出来。哪想到，她大吃一惊，这哭泣者居然是公司有名的才女、中层领导赵雅芝。

　　张彩凤对赵雅芝一直仰视。有一次张彩凤在报告厅打扫卫生，听见隔壁视频室掌声一浪高过一浪，她好奇地过去，原来是赵雅芝在开讲座，她站在后排听了一会儿，虽然听不懂，但佩服得五体投地，不光是赵雅芝说话的流利样子，更是她那气派和风度。张彩凤宛若眺望另一个境地，那是自己心向神往但无法抵达的地方。她想，难怪当年韩霆振追她没戏。

　　张彩凤对赵雅芝的服帖，更主要的还是这才女对自己有恩。这事说来话长。七八年前，张彩凤从棉纺厂下岗后，就是经赵雅芝帮忙，来这家公司做工。准确地说，是赵雅芝帮张彩凤的前夫韩霆振的忙，让张彩凤在这家公司有了这份工作。

　　七八年前的韩霆振还不是现在当商业厅副厅长的韩霆振，那时他还是一个副处长，当时市里的一批企业倒闭，韩霆振前妻张彩凤下岗，亲戚捎来这消息是想请老韩帮个忙，好歹曾经夫妻一场，人家现在生活困难。但老韩为人本分斯文，一下子想不出来有什么合适的路子。在一次同学会上，他问老同学赵雅芝，你们公司要不要勤杂工？他尴尬地解释，我总不能托人把她安排到我自己系统的单位。

赵雅芝对老韩的生活一直有歉疚，虽然具体因果其实也未必与她有关，但她骨子里就是这样易感的人。她总觉得当年大学时代老韩在自己这儿爱情受挫，连带三观都被颠覆，所以毕业后他才匆匆找了个棉纺厂的厂花结婚了。他说，小布尔乔亚不好侍候，咱就找个好看的吧。

结果，这文弱书生与好看的厂花也接不上轨。韩霆振与纺织女工张彩凤结婚五年后因性格不合、缺乏共同语言，离婚了。尽管千般万般不舍，但讲究实际的张彩凤毫不犹豫让女儿韩丹跟了老韩。这样的分手，自然令老韩格外疼女儿。更怕将后妈引入家庭会徒增麻烦。再者，他这样较迂的书生在这个年代越来越不时兴了，也就没有哪个女人愿意主动投怀送抱，所以他一直未再娶。

于是，每次同学会，总有人打趣老韩与赵雅芝，让他们联手重组。

这是多大的玩笑啊。如果兜一圈回去，那样的荒谬感会让人觉得这一生简直儿戏，挫败感更是无以复加。当然，这一生本来也已经够儿戏了。

而离婚后的厂花张彩凤则比他们简洁得多，她后来再婚，嫁给了同厂的一个司机老何，两口子倒也过得其乐融融，虽然厂花也早已不再是厂花的模样，成了胖嫂。纺织厂倒闭后，张彩凤两口子都没了工作，老何经人介绍去了一家私企开货车，而张彩凤则经赵雅芝牵线，来到了"阅读理想"文化传媒公司做勤杂工。

这也是好几年前的事了。

在这样一个飞速变化着的世界，什么都是变数，尤其是最近这七八年，变化最大的竟是老韩，他从一个副处长，突然火速提拔，像坐了火箭似的眨眼间成了副厅长。据说，这是因为有人突然识才了，这人就是空降到商务厅的新厅长张金山，他是老韩的中学好友。

老韩成了副厅长后，据说说媒的人都快踏破他家门槛了，全都是比他小个十几、二十几岁的嫩草，绝对嫩草。

老韩的自信也在上扬，话语中的底气开始外露，他还真的把同学会上的玩笑当真了，他几次约赵雅芝去看音乐会。他说，是别人送的门票，一起去看看吧。

赵雅芝心想，有没搞错啊，现在你不是俏着吗？

想是这么想，但有时自己也答应去看演出，一方面是因为不少演出属于她想看的精品，另一方面是坐在剧场里，当音乐响起来，孤单感就退下去一些。

但她从来没表示自己对他有兴趣了，两人可以开始了。

这些都是题外话，现在对清洁工张彩凤来说，无论是前夫老韩，还是副厅长老韩，都是那个不对脾气的、黏黏糊糊的男人。哪怕现在他风光到天边去，除了跟着他过的女儿韩丹能享一点福外，都与自己无关。说到女儿韩丹，那是张彩凤心里的疼痛，与她爸分开后，每当想女儿的时候，她就在放学时分去女儿学校的大门外，远远地看着囡囡从校门里出来，坐上他爸自行车的后座，远去。从小学到中学，无数个傍晚，她都在校门外张望。后来女儿考上了医学院，再后来，自己下岗了，看着这样一个女儿像朵花一样成长，张彩凤心里交错着荣耀和自卑。像她这样一个大大咧咧的女人，对于宝贝女儿，却一直是犹豫着是否该走近去端详的心态。她想，算了，不过去了，宝贝，妈妈是清洁工，会让你没面子的，你有面子才会找到好人家。

当然，这也是题外话。现在，对于张彩凤来说，需要走近去的是赵雅芝，因为她对着卫生间的镜子在痛哭。

张彩凤轻轻地问了一问，怎么了？

赵雅芝慌乱回头，看到是一个清洁工，并且是张彩凤。

赵雅芝慌乱地抹了一下眼睛，然后指着搁在一旁的拐杖说，腿伤了，疼上来了。

张彩凤从墙上的纸巾盒里抽出几张纸，递过来。

赵雅芝接过，胡乱地擦着眼睛，说，腿好痛。

张彩凤想扶她回办公室。赵雅芝说，没事没事。

赵雅芝拄着拐杖贴着走廊的墙壁往办公室走，张彩凤望着她的背影，知道她哭成这样不会仅仅因为腿疼了。

虽然张彩凤是经赵雅芝牵线进入这家公司工作的，但平日彼此很少说话。她们只有一个交集点，那就是韩霆振。对张彩凤而言，那个男人是前夫；对赵雅芝来说，那是她的前追求者。但这又能让她们谈什么呢？在这楼里，她们分属两个世界。很多时候，张彩凤看着赵雅芝的背影，在她心里，以后女儿韩丹也该是这样的优秀模样。

而今天，张彩凤看着赵雅芝蹒跚的步履，心想，得送她回家去。

赵雅芝坐电梯下来，看见张彩凤站在一楼大厅里，正在冲自己笑。她说，雅芝姐，今天我送你回去吧。

赵雅芝知道是刚才一不留神让她看见了自己的失态，所以她才这样。

赵雅芝慌乱地说，这哪成啊，腿疼是一阵阵的，现在好多了，我住得也不远，自己慢慢走回去就可以。

　　张彩凤已经不由分说，一手扶着她的腰，一手携着她的手臂，往前走了。她说，我陪你。

　　赵雅芝瞥了一眼这清洁工，微胖的脸，杏眼，直挺的鼻梁，其实很耐看，她也正冲着自己笑，是那种工人阶级直拗的热情和好心肠。在这楼里，每逢与这女工照面，她都对自己露出友好、谦卑的笑意，赵雅芝知道她感谢自己，其实当年把她介绍进来当清洁工，也是举手之劳，又不是多好的岗位，苦活累活脏活，这公司应该谢她才对。

广场舞

【第四章】

映着街灯和城市汹涌尾气的灰红天宇，那些舞动着
的手臂好像伸向夜空在呼唤着什么，齐刷刷的。

这是一个故事即将开始的夜晚。清洁工张彩凤扶着白领赵雅芝穿过城市的街道。街灯照耀着她们，这两个年纪已经不小的女人。

她们慢慢谈起这一带街区以前的样子，聊起小时候这里还是城外的菜地。她们说起那时学工、学农、学军的情景，那是她们共同的记忆。她们没说老韩，以前的那个书生，现在的副厅长。

拐过解放路街心花园的时候，她们看见一群大妈在跳广场舞。"伤不起真的伤不起……"，映着路灯和城市汹涌尾气的灰红天宇，那些舞动着的手臂好像伸向夜空在呼唤着什么，齐刷刷的。赵雅芝突然笑起来，她说，怎么都在跳广场舞？

张彩凤扶着她在街心花园的木椅上坐下，歇息一会儿。她们一起看着那边的舞阵，张彩凤问赵雅芝，你猜猜，我们这一路过来，遇到了多少舞队？

赵雅芝说，我没数，好像不少。

张彩凤说，我数过了，这一路，整整十三支队伍在跳。

十三支？

是的，我数过的，不会错，跳得最好的，应该是绿地广场的那一支，我一眼就看得出来。

赵雅芝瞥了一眼张彩凤，她的头随那边传来的旋律在轻轻摆动，这让她的脸庞在橘色路灯下显得很生动。赵雅芝问，你跳吗？

张彩凤摇头说，没哪，不会。

她俩就一起看着那些舞动着的人影。那些人影像夜晚沉默的黑云在街边挪动，赵雅芝觉得荒诞，笑道，满城大妈是不是都开跳了？

张彩凤当然没听出赵雅芝语气里的调侃，她拍了拍赵雅芝的手臂说，雅芝姐，你有空也去跳跳，这对腿的恢复应该是好的。

赵雅芝微皱眉，说，我不跳，我跳不了，这也太逗了。

张彩凤看了她一眼，也确实无法想象"冷美人"赵雅芝出现在舞队中是何等模样，但不搭调是肯定的。有的人就是优雅的，她不属于这个调性。

她们看着那些跳舞的人，晚风吹动着街心花园里的桂树，那伴奏乐已经换成了《神话》，悠扬歌声从眼前升起，迅速被四下的汽车声浪淹没，就像街灯和霓虹的光芒将那些舞蹈者的身影覆盖。

有那么一会儿，赵雅芝和张彩凤谁都没说话。赵雅芝微皱着眉头，好似走神，叹气似隐忍在嘴边。

张彩凤不知赵雅芝在想什么，就说，你有空得活动活动腿脚。

赵雅芝没听见。她的眼镜片上映着那些大妈的舞姿。起舞中的大妈们神情也同样严肃，她们一本正经，以大街为舞台，沉浸在表演中。

张彩凤站起来，扶赵雅芝继续开路。

这一晚，她们聊了对城市某些地段的共同记忆，以及沿路看到的广场舞……最意想不到的是最后来到赵雅芝家里时，张彩凤突然决定给赵雅芝做一顿晚餐。

张彩凤发现这才女家里挺凌乱的。她还发现，她家的冰箱里没什么菜，就几个番茄，几个土豆，几个鸡蛋。

张彩凤贸然打开冰箱，其实是看着赵雅芝腿脚不灵便，想帮她烧上一点吃的，然后自己回家。结果，她发现这晚餐简单到没什么食材。

赵雅芝脸红了，说，自己对吃什么一向无所谓，晚上大都简单地吃点素的，比如，一个凉拌番茄，一个微波炉烤土豆，然后出去暴走，现在腿脚不方便，更懒得去买菜。

这哪成。张彩凤说，这腿脚要恢复也得吃东西，否则体力从哪儿来？

张彩凤瞅着冰箱，心里盘算着。结果，她调动自己作为主妇的全部技艺，愣生生地用番茄、蒜头和土豆，做出了一大碗西班牙浓汤，醇厚酸香，令赵雅芝目瞪口呆。

张彩凤还用冰箱里的半盒牛奶、一根香肠、一个鸡蛋，以及食品柜里的小包面粉，用炒锅烙出了一打精致的咸味烙饼，没有别的调料，她就以小半块生姜磨汁，融入饼中，风味独特。

张彩凤离开的时候，赵雅芝将她送到门口，说，能吃到你做的饭的人，是有福气的。

她这话说得由衷，说出口后，才经过大脑，她想，老韩没这个福气。

张彩凤哪知道赵雅芝在想什么，她看着赵雅芝脸上的笑意，知道她现在挺高兴的，于是笑着问，你腿疼好一点了吗？

赵雅芝说现在好了，这一碗暖肚汤下去，好了不少。

广场舞

【第五章】

当她在办公室里感觉到了人与人之间的拥挤时，她就把视线投向窗外，小广场上跳舞的人来得越来越早了，是这座城市里跳舞的队伍越来越多，跳舞大妈们也得占位了吗？

安安像一只焦虑的蜻蜓，带着自己的敏锐和要求，在办公室里盘旋，点起了阵阵焦虑的波澜。

　　几个年轻人为一家地产公司设计的推广文案，被她否决了。她说，这是纸媒思维，线下一个活动才能吸引多少人？让企业花二十万，才吸引现场一千人，这样的活动，人家不会再找你做第二次了。

　　她还"枪毙"了90后美女来燕儿为公司内刊《时尚风》组来的多篇稿件，她说，内刊需要传递的是更大胆、先锋的设计理念，这样才能在公司内部进行文化观念的引导，燕儿，你不知道强总一直觉得《时尚风》太土了吗？

　　结果，来燕儿躲在楼梯拐角泣不成声，她嘴里还含着个棒棒糖，她对路过的赵雅芝说，安安姐是不是不要我了？

　　安安的焦虑，来自于她的急性子和劳碌心，更来自于眼下传媒文化产业受到的互联网冲击态势。客户在飞快地转移，作为依托于纸媒和电视媒体的文化公司，"阅读理想"从去年下半年起业绩下滑厉害，各部门使出九牛二虎之力，想出各种招式也无法阻挡继续下滑的趋势。今年时间已过半，但许多部门的业务额完成了不到三分之一。压力沉重，自毋庸赘言。

　　安安的焦虑，还来自于强总。那是她心里的秘密。她是从什么时候起喜欢上这个头儿的？记不清具体的时日了，但记得情感刹那滋生时的情境：两年前的一个中午，她走进强总办公室交一份文案，秋阳正穿窗而入，强总皱着眉盯着桌上的一张报表，见她进来，就抬起头说，情况不是太好。

　　他强势惯了的脸上有一丝恍惚和脆弱，午后的阳光和窗外空蒙的天宇映着他的白色衬衣，那软弱像光线一样清晰，它让那张干净的脸上呈现了哀愁，刹那真实，她好像看到了一种她喜欢的调子，她闻到了他散发着淡淡的苹果香味，大概是衣服上洗衣液的味道吧。他所说的"不好"，是"淘宝""京东"等网购正在对传统百货业形成的颠覆，这使得这座城市的百货商厦越来越少找"阅读理想"做活动、设计广告了，甚至连那几家老客户也在减少单子了。因为越来越多的人开始了网购，传统媒介推广的影响力在消减，比如"连莆大厦"的老总就对强总说，"你们策划的营销活动，我们连咨询电话都没接到几个"。

　　强总说，这要死的互联网。他对安安苦笑着，手指轻轻弹了一下办公桌上的茶杯。

　　从那以后，安安开始敏感于他严厉脸上埋藏着的忧愁。她发现他骨子里其实略带腼腆。当他对着公司的人说话时，他修长的手指搁在桌面上呈现着疲惫。她好像窥到了他心里去，她的同情和佩服也在泛滥。现在每次开会她都坐在第一排，她遏制不住地看着他的手指。

　　是啊，如果公司不行了，那么多人喝西北风去吗？她看着他好像看着一个逆风的兄弟。她的投入感也由此被激发。她读书的时候就是学霸。现在她以学霸的方式投入工作，包括对他的感情。她以自己的方式靠近他，比如，看他爱看的书，喝他爱喝的咖啡，在网上搜索关于他的一切信息，甚至买了块他偶尔戴在手腕上的浪琴表，以安安现在的收入，买浪琴女款表，算得上不计血本。但安安不在乎。她在乎的是，渐渐的，她觉得自己和强总是同一类人。那种自觉，实在妙不可言！

但，那一定是一段悲催的感情。因为他已人到中年，属于大叔，他的夫人是一家中学的老师，据说他们感情还行。

而她对他的暗恋，两三年下来，他已经明白，但他在躲闪，并且他的软弱甚至也体现在这方面，是或者不是，他都没说。因为软弱，有时仿佛暧昧，有时仿佛避闪。但总的来说，啥事都没有发生。这对她来说就变成了丝丝缕缕的不确定。唯一确认的是，她发现了他其实是一个有点软弱、忧愁的人，虽然外表强势，商业决策果断。

安安沉静的外表下，是暗涌的焦躁，情知所起，但不知所终，她看不到他心底里去，但从他的眼神里，她能看出他看到了彼此的相似。

她对此无法进展，于是她对别的男性朋友也无法投入，所以情感状况暂时恍惚。

安安的敬业由此混杂了个人的情感，和无法化解的激情。她压抑着它，以移情的方式在工作中呈现。设计部多数人看不到她心里，但每一个人现在都感觉到了她对这间屋子里的人的凛冽要求，主意蜂拥，焦虑连绵。

他们把它理解成了她新官上任三把火。

是的，也确实有"新官上任"这个因素，因为强总对她委以重任，她懂，这让置身于暗恋中的她有了安慰。

赵雅芝当然也感受到了这新官锋芒毕露的火焰。

以赵雅芝的老资格，这把火暂时还烧不到她本人，但它烧到了她一直带着的来燕儿、方纯、金潇然团队，这就意味着也烧到了她。

开始，赵雅芝没有介入，她看着来燕儿她们忙乱成了一团。这时候她就把视线投向了窗外。绿地小广场上跳舞的人来得越来越早，才下午四点多就有人来了。

是这座城市里跳舞的队伍越来越多，大妈们得占位了吗?

赵雅芝听着安安在那一头变幻着腔调，给不同的客户打电话，有时她在劝导，有时她在拔高，有时她在生气，有时她在撒娇，有时她在忽悠。赵雅芝归纳了安安的三个特点:

一、较浮。性子虽急，节奏虽快，虽拎得清事情的要点，但做事的方式较浮，不会韧下去，或者说没那个耐性，所以虽灵光，但不实。万事重要的是执行，而不是主意，做事难的不是想法，而是对想法的还原能力，也就是可行性。可行性，得你给员工，如果你没有，就说明你还缺少做事的逻辑。

二、功利。可能是脑子太灵了，所以，做事风格是蜻蜓点水式的，捷径路子，工具主义，在原点上缺少爆发力。赵雅芝嘴角隐约着不屑。她想，这一代年轻人就是这样，功夫花没花下去，阅读量多还是少，其实在行事、创意的力度上是一目了然的。

三、说话冲，负能量多。心性急切，是好事吗，也可能对你来说是积极的，说明你敬业，但对别人未必，你像个工头似的，整天对这屋子里的人提要求，好似完美主义，但其实对别人就是负能量。你能想象得出，在一个负能量充溢的空间里，员工会有什么好的想法?

其实这三个特点，也可以合为一个，因为它们来自于同一个起点。对于赵雅芝也是一个意思，那就是她不喜欢这个人。

赵雅芝环顾办公室，那些埋着的头都在电脑前描描画画，空气中盘旋着一团虚拟的气息，它像低压的云层，赵雅芝呼了一口气。她站起身，往门外走，她手里拿着一个苹果。她要出去透一口气。

赵雅芝在洗手间的台盆前洗苹果。她听见有人低声唤自己，"嗨，赵老师"。回头见是清洁工张彩凤。

张彩凤一手拿着拖把，站在水光盈盈的白色地砖上，脸上映着光影，显出奕奕的神采。她说，我昨天买到了很好的梅干菜，做了个"梅干菜焖肉"，下班的时候我给你拿过来，你带回去尝尝。

赵雅芝愣了一下，说，我们不需要这么客气。

张彩凤笑道，你不是说我手艺好吗，我相信你吃过我的饭后，还有念想。

赵雅芝是一个怕麻烦的人，她不想与周围的人多缠绕，这是她多年来的个性，更何况对方是清洁工张彩凤。在这楼里，她俩是平日里不必交集的两类人。那天晚上的交集只是意外，事后赵雅芝还觉得不妥，总感觉自己的心事被这女人窥去了一些，不合适，并且还是同一个单位的呢。

赵雅芝笑道，你手艺好，但我不可以领受别人这样的客气的。

赵雅芝拿着苹果往外走，张彩凤没想到她会这样说。她跟着赵雅芝往外走，她低声说，你这个星期天在家吗，我去给你打扫一下房间。

赵雅芝回头瞅了一眼这个热心肠的女人，心想，当初介绍你进来，真的是举手之劳，又不是多好的差使，不必感谢的。赵雅芝摇头说，这哪行啊。

哪想到张彩凤说自己在找星期天的钟点工活儿，已经接了三家的工了，她问赵雅芝需不需要钟点工。她圆圆的眼睛看着赵雅芝，目光没有丝毫偏离。

原来如此。赵雅芝心想，这么巴结，原来是想让我请她当钟点工，找工赚钱。

赵雅芝还真的需要一个星期天的钟点工，腿脚受伤以来，搞卫生不方便，上次雅敏介绍过来的那个太精明，超过五分钟都要加钱，好吧，还不如请这个张彩凤。

星期天上午，张彩凤真的上门来了，骑着电瓶车，带着各类小洁具。

她干了三个小时，因屋子好久没整理了，基础太差，所以即使打扫了三小时，还谈不上窗明几净，但比先前好了不少。张彩凤累得直喘粗气，说，赵老师，一次也就只能做到这个程度，下次来搞，就会好很多。

会好很多，这就包在我身上吧。张彩凤指着屋子四壁，划了一个圆圈，说，把这里搞得漂漂亮亮了，下班了就想快快地回来，因为是自己的家，能透口气，就不会整天把心耗在办公室里了。

窗玻璃闪着湿润的水光，映着窗外的桂枝和明媚的秋阳。赵雅芝心想这女工无意中还说出了一句富有哲理的话，就笑道，对对对。

张彩凤说，我服了你们，在那么一间办公室里每天要坐那么长的时间，这需要功夫的，我们这些人屁股坐不住的。

赵雅芝给了她三百块钱。一小时一百。张彩凤指着窗外小广场上的钟楼让赵雅芝看，她说，你家的钟不对，你看外面的钟，你家的钟慢了十分钟。

赵雅芝愣愣地看了一眼张彩凤，张彩凤严肃的脸色让她怀疑是不是所有的钟点工都是这样的脸色，计较的心。

赵雅芝从手里拿着的那只钱夹里又掏出五十块钱递给她。张彩凤拿过，一声不吭，从自己的钱包里找还三十五元给赵雅芝。

赵雅芝不要，说，算了。

张彩凤把钱搁在鞋柜上，说，十分钟，最多十五元。

张彩凤随后从自己带来的方便袋里拿出一个大大的保温盒，说，赵老师，我在你这儿吃了饭就去下一家，可以吗？

赵雅芝说，可以，你吃吧。赵雅芝指着饭桌，意思是你坐到那儿吃好了。

张彩凤在饭桌边坐下来，打开饭盒，里面有好几层，琳琅满目，红红绿绿黄黄。赵雅芝下意识地瞟了一眼，心想，确实是会过日子的人，也是知道这么辛苦劳作，需要补充好能量的人。

张彩凤问赵雅芝，你的饭还没做呢，要不要我帮你把饭做上？

赵雅芝慌忙推辞。其实，自从前几天张彩凤说给自己带来了"梅干菜焐肉"，赵雅芝现在对这一点变得有些敏感，她想，我就这么不会生活还要你管吗？她受不了别人的可怜。她对张彩凤笑道，我慢慢来，你是要去干活，我空着，我等会儿去菜场买几只螃蟹回来。

哪想到张彩凤笑了，哟，这个季节的螃蟹太贵，不划算，你看我这个"赛螃蟹"，不会比真的营养差。

张彩凤站起来，往厨房间走，看样子她真的要给赵雅芝把饭煮上了。像她这样的女工，有很多人习惯了里里外外一把手，都是这样劳碌命的性格。

赵雅芝心想，这钟点工包做饭，要加多少钱？

张彩凤没把饭做上，她迅速地从厨房里出来，手里拿着一双筷子和一个白碟，她用筷子从自己的保温盒里夹出一些什么，递过来，说，赵老师，你尝尝，这"赛螃蟹"。

赵雅芝皱着眉看着那碟子。其实心里好奇。张彩凤那多层的保温盒一格格摊在桌上，就像立马布置了一个野餐会。她闻到了好手艺的气息。

赵雅芝尝了一下嫩黄的"赛螃蟹"，颤巍巍的鲜香在味蕾上绽放，赵雅芝感觉有姜香醋味，还有鲜美。她说，这是啥啊，我听说过"赛螃蟹"，但这是用什么做的呀？

张彩凤说，鸡蛋呀。

就只是鸡蛋？

张彩凤说，是啊，最简单，我包你一分钟学会。她让赵雅芝尝尝旁边的"黄花菜焐肉"，是不是和平常的不一样？我这个加了一点紫苏。

她们就这么边说边一起把那几个格子里的菜都尝了，吃了。

赵雅芝这才想起来，说，哟，我不用吃中饭了，都饱了。她瞅着一扫而空的保温盒，笑着摇头，你没饱吧，你看你看，我一随意，就把你的也吃了。

张彩凤咯咯笑道，本来我就有意多带了一些过来，想着你做饭也麻烦。

赵雅芝脸都红了，她赶紧起身，去酒柜里拿出一瓶红酒，说，我不喝酒，这个是别人给的，你等会儿带回去。

张彩凤客气了一下，就接下了，说带回去给老何尝尝。

赵雅芝说，你厨艺确实不错，做清洁工可惜了，要不存点钱以后自己开个小饭店？

哟，张彩凤捂着脸颊笑道，其实会做饭的人多着呢，咱这水平虽也算可以，但拿手的也就几个菜，不够开店的，赵老师你觉得好，只是你特别不会做罢了。

赵雅芝捋了一下耳畔的头发，说，我是不会做菜，我不讲究这些。

张彩凤听出了一点情绪，赶紧说，是啊，赵老师你怎么会把时间花在这上面，有更要紧的学问要做呢，吃喝这些事也就我们这些没钱的人使劲琢磨，怎么划算，怎么实惠。

这么聊着，就说到了双休日出来做钟点工。张彩凤说，趁现在还做得动，想多赚点钱，至少得给女儿韩丹准备一份像样的嫁妆。

嫁妆？赵雅芝瞅着她笑，你女儿他爸都是厅长大人了，嫁妆你就不用费心了吧。

这话说出口，赵雅芝就觉得不妥了。因为这正是事实，所以对面这个做母亲的女工就更在意自己能给女儿什么嫁妆了。

果然张彩凤愣愣地看着赵雅芝，轻声说，嫁妆如果是房子车子，我做死了也不可能为她办好这些，而她爸能办好，但是这样的话，我就轻得像灰尘一样了，什么都没能给她。

窗外有音乐在响，"你是我的玫瑰，你是我的花，你是我的爱人，是我一生永远爱着的玫瑰花……"这个小区里的大妈最近也开跳广场舞了，她们就在窗外的小广场上跳。

屋子里的两个女人扭头看窗外，隔着桂树，有一些人影在舞动。

赵雅芝安慰张彩凤，现在的不少小孩未必需要爸妈搞好这些，很多人靠自己，他们根本不在乎爸妈为自己准备什么。

我在乎。张彩凤呢喃，这么多年都是她爸在养她，我已经轻得像灰尘了，所以我一定要为女儿准备好我的心意，我去老凤祥金店看过好几次，有一套纯金打的系列摆件很有意思，婚床、茶几、梳妆台、马桶、洗脚盆，外加十二生肖。我知道，这些东西，女儿大概也是不喜欢的。但老底子条件好的人家嫁女儿都是这样嫁，所以我一定要通通买齐。假如连这个都做不到，那我真是不配当娘，只配当灰尘了……

赵雅芝懂这个。但她安慰张彩凤未必需要以这类实打实之物，表达自己对小孩的好或亏欠，相信小孩子能懂。她拍了拍张彩凤搁在桌上的粗糙双手，说，看看这样一双手，女儿会懂的。

墙壁上有一幅水墨画，像一团即将融化的云朵。张彩凤看了半天也没看出来那是一枝抽象的墨荷，她盯着那些线条，沉浸在自己的思维里。她说，现在我连送她一个新房的卫生间的钱都没有，一个平方要两三万哪，想着这些，我轻得像灰尘了。她轻轻地摇头说，即使是灰尘，也想在她眼里重一点，掏心掏肝也想让她知道妈妈对她好，妈妈只是没钱。

刚才两个女人还在开心地品尝菜肴，就这么一瞬间哀愁在这屋子里流淌起来。赵雅芝安慰她，你女儿才大学毕业，结婚还要好几年以后吧，这事不急。

是啊，是啊。张彩凤笑道，所以这两年得多干点儿活，多赚点儿钱。

女儿结婚可能还要好几年以后，那就慢慢准备吧。而现在，急着要准备的是下下个月韩丹二十一岁生日的生日礼物。

张彩凤说，我知道她爸刚给她买了一辆甲壳虫。

这几年每逢女儿生日，张彩凤都在犯愁。本来自己就是没钱的人，可以不讲究这个，相信女儿也懂，但这两年自己却心虚起来，想着副厅长老韩给女儿的礼物，焦虑就像雾气一样弥漫，自己能给她什么呢？宝贝，在心里千般挂念的宝贝，怯于走近前去的宝贝，自己这个给人扫地的妈又能给你什么呢？

张彩凤呢喃着的这些，赵雅芝懂。她感觉自己眼睛里有水，好久没这样了。

张彩凤说，得给她买个包，那种名牌的包，你说LV合适，还是GUCCI合适？

这些词此刻从张彩凤嘴里蹦跳出来，好像并没不搭调。赵雅芝说，GUCCI更日常一些，小女生好用一些。

张彩凤说自己已经去店里看过了，样子好的，要两万多块一个，听说香港那边便宜。她问赵雅芝下个月去香港的时候能不能帮她带一个。她说自己也不懂哪些款式是新是旧，赵老师你懂这些。

赵雅芝问，你怎么知道我要去香港？

张彩凤说，去香港考察的名单不是挂在公司的公告栏里吗？

赵雅芝朝她点头说，如果腿伤到时好了，我就去，如果腿脚还是不利落，我就不去了，如果我去的话，一定帮你带，如果我不去，我小妹雅敏下个月去那边旅游，我让她帮你带一个回来。

接下来的几个星期天，清洁工张彩凤都准点来赵家搞卫生。因为勤快、利落、好用，雅芝甚至将她介绍到妹妹雅敏家。

由此，张彩凤像陀螺一样在双休日旋转于许多个家庭，忙累不堪。谁都知道她在攒钱，为女儿。也可能女儿并不需要，但她需要。

擦地、擦窗。在赵雅芝家，她还做一餐中饭，她说，这个时间点上，反正赵老师你也要吃饭的，我嘛，也正好把带来的饭菜热一下。

事后赵雅芝想，有的人就有这样的本领，她想和谁走近，就能以自己的意志走近前去，张彩凤就是这样的人。

当然，对于张彩凤对自己的热情、巴结，赵雅芝并没觉得不适，她只是在开始时不习惯而已。而热情本身，则是招人喜爱的。更何况张彩凤把动机坦然在那里，明明白白，为这动机，她费的心思和她对你的奉献，都坦然在那里，让人一目了然，这是有往有来，你心里明白。所以有一个星期天，张彩凤在做完家务后，说自己想请赵雅芝教用一下电脑，因为不会打字，无法给女儿发邮件……

她这样开口求助自己，就像那天想请自己从香港带GUCCI一样，赵雅芝没觉得奇怪，张彩凤就是这样用心的人。

在故事的现在这个阶段，张彩凤与赵雅芝的往来还只是职场生活中最微不足道的插曲，因为有更强劲的主旋律在写字楼里萦绕，比如安安扛上了赵雅芝。

两人的正面PK，发生在赵雅芝重返职场的第三周。这说明安安按捺了多久啊。事情的起因是赵雅芝交给强总一份文案，她很得意的一个创意方案，她已为此酝酿了好几个月，即使是在遇车祸伤病期间她也在构思，其核心创意是将一场文化展会现场设计成一本打开的杂志，每一个展厅，就是杂志的一个立体页面，她给它起了一个名称"活动着的杂志"。她把它直接交给了强总，说，这是打开了平面纸媒与立体传播的通道，实现了媒体融合，我觉得是有意思的。

强总把文案放在桌上。他轻拍着它，笑着点头，问：安安知道这个方案吗？

赵雅芝一愣，看了一眼窗外，她的视线好似掠过了轻尘，她笑道，我还来不及跟她讲。

强总点头。

这个文案被强总转给了安安，让她研究一下。

对此流程，应该没有异议，因为安安是代理总监，无论文案，还是可行性分析，以及最后的执行，都需要经过她这个流程中的一环。这是职场的规则。赵雅芝虽然不屑，但也明白这个道理。

问题是安安居然不认同这个绝好的创意。办公室里，人人埋首于自己的活儿，安安在QQ上给赵雅芝发了一条信息：赵老师，请你到我这边来一下。

赵雅芝就来到了她的办公桌前。

安安用手指拍拍文案，微笑道，赵老师，我看了你的设计，想法挺酷的。她极短的头发像刷子一样，根根挺立，衬着精干清秀的脸，有一丝威风，她言语里有笑意，而眼睛里一闪而过的冷神色，被赵雅芝捕捉到了，于是赵雅芝就知道了她让自己过来不是为了夸自己，而是要表达商榷的意思。

果然安安说，但是，有点问题，客户想要的是全方位最大化的传播，赵老师你的设计还是偏向平媒，以杂志的概念演绎产品细节，它不适合做互联网的传播，花这么大的人力物力做线下活动，虽有创意，但划不来。

赵雅芝说，我把一本杂志做成了立体，这是多大的创意啊。

安安说，是啊，是啊，但我的意思你应该懂。

赵雅芝说，我还真的不懂。

安安愣了一下，赵老师一向从容的脸上正在升腾起过激的情绪，这也刺激了安安自己，她说，我的意思是，要有互联网思维，依托互联网传播这个原点去布局，这样才有意义。

越雅芝用手指点了点安安的电脑屏幕，笑起来，说，这楼里现在人人都在谈"互联网思维"，我怎么没看见谁真的互联网思维了？

安安说，这是我们现在该努力的方向。

赵雅芝没听安安在说什么，她只管自己笑道，我不仅没看见谁真的拿出了互联网思维，甚至连我们过去跟客户讲一个好故事的本领都没了。

赵雅芝站起来，回到自己的办公桌，拎起包，下班走人。

鸡蛋里挑骨头。赵雅芝心想，她昏头昏脑地走出了办公楼。

夜幕已经降临，大楼前的绿地广场上，许多人又在跳广场舞了，一些孩子在跑动。

赵雅芝在芭蕉丛旁的石阶上坐下来，因为想着回到空空的家，心里就有隐约的烦躁升起来，那还不如在这儿坐一会儿，让郁闷消散一些再回去。

在她的右前侧，有两支队伍在跳舞。他们的音乐有点打架，一个是《小苹果》，一个是《爱情香水》。再仔细看，两支队伍的状态好像也有点打架，尤其是各自前方的领舞者，那两位大妈，每一个过路者都能感觉出有一股遥相对应的烟火，正在她俩的头顶上方盘旋，在空气中噼啪作响。有人的地方，就有PK。赵雅芝心里有幽默感上来，她对着这空地，这城市正在升起的夜色和灯光，像鱼一样呼出心里沉积的气息。

突然她听到有人在叫自己，呵，是妹妹赵雅兰，她正在舞蹈队伍中。

每个夜晚，雅兰总是到姐姐公司门前的这片小广场跳舞。现在她正在跳舞的队伍中向雅芝挥手。

雅芝笑笑，她看着雅兰跳。没想到她跳得挺像回事。赵雅芝想起来，小时候自己和两个妹妹曾入选学校"毛泽东思想宣传队"，三姐妹搭档跳"花儿朵朵向太阳"，是学校的代表作品。那时候不怎么上课，同学们也是这样排成一队队跳舞，"延边人民想念毛主席""草原儿女"，童年夏日里的蝉声中，穿着白衬衣花裙子，挥着手臂跳啊跳。三姐妹中雅敏舞蹈感觉最好，总是站在中间。每次表演结束，脸上涂得红红的三姐妹，一路回家来，走到弄堂口时，左邻右舍看着，小小的心里是那么骄傲。在回忆中往日的情景近在眼前。这一代人，生活一直处在巨大的变动中，回过头去好像在梦中一般，因为那些片段彼此没有真正的逻辑点。

此刻绿地广场上，那些已经不年轻的同龄者在舞动，齐刷刷地转圈，摆手。除了伴奏音乐与往日不同，一切都宛若继续操练。赵雅芝有些恍惚。四周是城市CBD区域宛若水泥森林的高楼，星星点点的灯光映衬着千万扇加班者的窗口，像细密的蜂窝。让她越来越纠结的利星广场写字楼，就在身后。她坐在这里发愣，像大楼下一个微小的雕像。

赵雅兰依然在队伍中起舞。每次转身回首之际，她总是向姐姐挥挥手，然后又招招手，那意思是，你过来一起跳吧。

赵雅芝发现雅兰瘦了。

一曲跳罢，雅兰过来了。她对姐姐说，一起跳吧。她知道医生建议过雅芝跳广场舞，只是雅芝哪肯试啊。

但是雅兰没想到，今晚居然不同，雅芝竟然站起来，笑着扭了一下腰，举手过头顶，模仿了一下她们刚才的动作。

今天可能是赵雅芝心烦意乱，想要宣泄，也可能是雅兰的舞姿打动了她，所以当音乐再次响起，妹妹雅兰拉着她走向舞队时，她没有抗拒。

她跟着舞曲轻轻扭动起来。《最炫民族风》，她熟悉这首快烂大街的曲子，因为这是儿子赵悦鄙视的音乐。她曾经调侃儿子眼高手低：嘿，你说烂大街，那也先得让它在大街上烂了，才能判断它是不是好音乐。儿子为此与她争论"经典是不是需要时间和公众的验证"，结果谁都没说服谁。

现在，赵雅芝跟着妹妹笨拙地跳着。她能跟上节奏，慢慢地，手势也搭调了。但是对这舞蹈本身，她无感，并且知道自己的动作一定不好看。她看着周围那些起舞者的沉静脸色，有点开小差了，心想，她们过得快乐吗？

广场舞

【第六章】

两个女人坐在楼梯间，一个在哭泣，一个在安慰，
就像一对姐妹，也像一对行将结伴的搭档。城市黄
昏时分的车声、市声穿窗而入，这是飞快移动着的
大时代无孔不入的声息。

赵雅芝被妹妹雅兰带进了广场舞,她活动了腿脚,但没把烦恼丢在大街上。

安安与赵雅芝的PK依然在进行中。这不奇怪,办公室里的心烦意乱,就像空气中的轻尘,每阵风吹,都能让它们起舞,堵塞心境。这样的PK事实上在每间办公室里发生,在不同代之间进行,尤其是在不同代的女人之间进行。比如,昨天是为了年度展会的创意,而今天是为了一家丝绸企业的文化营销方案。

这是一个个缓慢而执着的回合。被激化,是因为双方都是顶真的人,当然,也可能是因为过于敏感,比如,一个为"服不服我"而纠结,一个为"完美主义、经验主义"而偏执。安安是前者,而赵雅芝是后者。

清高、孤傲的赵雅芝,生平第一次为这类琐碎的纠结心事推开了强总办公室的门,前去告状。

这个一身烟灰色套装的女人,脸上带着克制的冷调。她言语简短,逻辑清晰,她的执拗让强总心烦意乱。

作为一个男人,他最烦两个女下属搞对立、然后要他主持公道。他看着赵雅芝，心想，这个世界总归是年轻人的。

他安慰她说，这里面没什么好与坏的区别，工作嘛，没这么严重，年轻人对市场风向有他们的想法，其实你的想法是好的，我个人挺喜欢，安安她们年轻一点，让他们去试一下他们的直觉，我的意思是，顺着他们的想法试一下，公司可能会多一点办法。

他把视线落在桌面上，叹了一口气。他心想，以前你是年轻女生时，你需要别人哄着你，但现在你不是了，一屋子人多数都比你小，你想让比你还年轻的人来哄你这怎么可能呢？

对于分歧，老大们的做法，一般都是和稀泥。强总也不例外。赵雅芝看出了他的心烦和对安安的偏爱，扭头就走。

赵雅芝心情郁闷地出来。她坐在办公室里发愣。她看见安安出去了，她知道她也去找强总了。

安安确实走进了强总的办公室。她看见强总清秀的脸上有一丝局促和烦恼。他对她笑了笑，说，安安，让你做这个总监，总监总监，不光是业务，协调能力是第一位的。

她注意到他的脸都红了，他平时确实很少说她不是，因为她够忠心、敬业了。

她瞅着他，原想辩解，但瞬间，对他的局促涌起了同情。她想，要不，不说了，自己消化算了。

而他在说，赵老师年纪比你大，要考虑她的情绪。

于是她说，这些天我几乎是觍着脸跟她说话，像小媳妇一样小心翼翼，而她像撒切尔夫人一样牛气，我哪敢不顾着她的情绪。

他说，她是资深，在业界是有口碑的。

她说，我知道她资深，大牌，但在今天，经验是什么，有可能经验一夜间就全部失效，处在这样一个互联网的时代，这是没办法的，人人明白这点，只是她怎么不明白？

他说，怎么会不明白？她明白，只是有些事她情绪上不明白，我相信你懂我这话里的意思，她不明白，只是因为我提拔了你。

她点头。她知道这个。

他说，人家也有好的地方，要学。

她说，话虽是这么说，但有些东西，对她是好，但对我而言，就可能是负能量，比如她处处摆大牌，摆她的阅历，说她当年做到的业绩如何如何，我承认我做不到，因为如今商业形势变了，实体经济不景气，我做不到那个高度。还有，她说她一晚上码一万字的文案，我也做不到，因为我还需要生活，我不能没有个人的生活空间……她在办公室里说这些，她以为是在给我们小辈们励志，但对我们来说，这些离我们太远，做不到，正能量也就是负能量，我可以不认吗？

强总不知该怎么说。而她相信自己的话他听进去了。她对他眨了一下眼，转身向门口走过去。到门边，她回头说，强总，你放心，我会注意方式方法的，我也会按自己的想法尽快以互联网"病毒式传播"手段，创意出丝绸文化推广方案。

赵雅芝坐在办公室愣了一个下午，她对着窗外深呼吸，但没用，心里涌动着无数的气泡，它们挤来挤去，无法破裂。她从来没像此刻这样需要倾诉。她想给老同学、商务厅副厅长老韩打电话，对他说，不公平，太黑了，都到这把年纪了，居然心堵了。

但就她的性格，她犹豫到下班也没打这个电话。

快下班的时候，安安拿着一叠纸过来交还给赵雅芝，说，有些数据不对，晚上请改一下，明天上午见客户谈判时要用。

PK又发生了。其实是安安自己搞错了，这些数据是她让方小亚统计的，她自己没核实，就直接让赵雅芝做了可视化图表，现在发现了，要翻工，这个责任不是她自己的又是谁的呢？昨天为这图表忙了一天哪。赵雅芝是多么不屑，这管理是什么玩意儿啊。

在又一场争执后，赵雅芝拎起包往外走，下班时间，电梯门口等着好多人，赵雅芝感觉自己的眼睛里被那丫头片子气出了泪水，她没等电梯，因为现在她看到人堆就心烦意乱。她走进楼梯间，顺着楼梯往下走，好让自己在寂静的空间里缓解一下情绪。她走得很慢，拐过四楼转角时，不知怎么回事，脚有些发软，前后脚绊了一下，滑在了楼梯上，还好，因为手扶着扶手，她只是跌坐在地。

张彩凤正在三楼拐角擦窗，她听见了上一层的动静，赶紧上来，看见赵雅芝坐在楼梯上，在失声痛哭。

张彩凤去扶她。赵雅芝抬头，看见又是这个女工，就有些恍惚。她想，在这楼里自己那么要强，仅有的几次哭泣都被这人看去了，这是怎么回事啊？

赵雅芝呜咽着：摔了一跤。

张彩凤轻拍她的背，抱怨道，你这腿，坐电梯好一点，要是再伤了，那可不是玩的。

赵雅芝脸上泪水纵横，她呢喃，我想走走。她的哭泣无法停顿，令人诧异，有那么一刻张彩凤觉得自己恍若面对一个任性的小女孩，需要哄，需要安慰。张彩凤相信她摔了一跤，相信她在痛着，当然，也隐约看到了这眼泪牵涉的心痛别有出处，否则不可能脆弱成这样，渲染成这样的痛哭。

那是因为埋藏着悲哀。张彩凤看到了丝丝缕缕的悲哀正从这个坐在楼道上的女人身上辐射出来，在光线幽暗的空间里旋转。张彩凤以自己的理解，走近这片惨淡的光圈。其实在这楼里，因为对赵雅芝的关注，张彩凤多少也知道赵雅芝近来的不快，比如安安居然走到了资深的她前面去了。这不快，说不上秘密，因为按职场的情绪逻辑，多数人不可能对处境无动于衷，你说，又有多少不食人间烟火的人。

张彩凤轻拍赵雅芝的背，安慰她说，还好，是屁股着地。她说，好了，好了，我送你回去吧。她说，谁都有不快乐的时候，你不用担心，我不会说的，我自己在这楼里做啊做啊，有时候也想大哭一场。她说，和我们这些人比，你已经够好了，我想，你不当总监也够好了，因为你的水平搁在那儿呢，这连我们这些搞卫生的都看得明白，我想这已经够好了，是的，够好了，如果我能像你这样，晚上做梦都会笑醒的呢……

慢慢地，张彩凤不知自己在说什么。她觉得谈论这些自己很没水平，而且也让自己沉重。她只是多么想让这个悲哀的、对自己不错的女人高兴一点。真的，她由衷地希望她高兴一点。

两个女人坐在平日里不太有人走动的楼梯间，一个在哭泣，一个在伸手拍她的背，就像一对姐妹。而窗外是正在迅速变暗的天色。城市黄昏时分的车声、市声穿窗而入，这是飞快移动着的大时代无孔不入的声息。

赵雅芝慢慢安静下来，她看着张彩凤好心肠的脸神有些感慨：有时候办公室里朝夕相处的同事，还不如偶尔照面的清洁工更明白你的痛楚，那是因为隔在利益之外、自身之外的缘故吧。

赵雅芝站起来，不好意思地说，好了，我得回去了，你放心，我的腿没事，慢慢走回去，没事，没事，是最近点儿背，运气不行，走个路都要跌跤。

张彩凤扶着赵雅芝走到一楼。赵雅芝突然想起了一件事，她告诉张彩凤下个月自己不去香港了，因为公司有新的安排，让安安去，不过没事，我妹妹下周就去香港玩，我让她帮你买一个GUCCI。

广场舞

【第七章】

置身于时尚餐厅的优雅氛围中，她的心情却依然坠
落在办公室的麻线团里。她说自己到了这把年纪，
居然还要去跟年轻一代PK，也真够败落的。

今天赵雅芝死活没让张彩凤送自己回家。她在利星广场门前拦了一辆出租车，对司机说，去商务厅。

她坐在车上，给老韩办公室打了一个电话。她猜老韩肯定还没回家，平日里这个老同学下班后除了应酬，就是待在办公室里继续上班。他还能去哪儿？如今"反四风"和"八项规定"，应酬也少了，所以今天他一定在办公室里。

老韩果然在办公室里。他没想到"女神"赵雅芝主动给自己打来电话。平时都是他打电话给她，而她从不主动联系。他听见"女神"在那头说，你在办公室吗？

他笑道，我正在呢，我不在怎么接到你这个电话？

赵雅芝笑了一下，说，是啊，我自己都搞混了，以为是打你手机呢。

老韩说，你在哪儿？

赵雅芝说，我正在往你办公室过来，快到了。

老韩愣了一下，说，有什么事？

赵雅芝笑了一声，来看看你，不欢迎？

老韩说，哪里哪里，欢迎，你过来一起吃饭吧。

　　赵雅芝说，好啊，你办公室在哪一层哪一间？

　　赵雅芝走过商务厅略显空荡的大厅，坐电梯上到了十一楼。已是下班后，整幢楼里寂静无声。老韩办公室里的日光灯向走廊投来一片白色的光区。

　　老韩站在门口，呵呵地笑着。他戴着眼镜，清瘦，身后的光线映出了他的温文尔雅。他说，难得，难得。他伸出手，像是握手，像一个稻草人，温暖，动作缓慢。

　　赵雅芝被请进房间，坐在沙发上。她无暇留意这办公室里的格局，她对着老同学斯文的脸，发现他其实长得还算好看，干干净净的，不像个官员，更重要的是，它是那么亲切，不设防，而自己仿佛从劣境中出来，突然面对了亲人的脸。老同学毕竟是老同学啊。她看着他的眼睛，它们正小心地瞅着自己，好像在问，怎么了？她拿起他递给自己的茶杯，想着怎么说自己的事，有那么一会儿，她突然有点后悔，跟他说合不合适？

　　她就说，我知道你在办公室。

　　他有点憨地说，你怎么知道，有时候，我也不在。

　　她说，你是工作狂呀。

　　他就呵呵笑道，反正回家也没事。

　　她说，所以我知道你在，就过来了。

　　她在他面前说话总是这样笃定，这让他突然有点犯倔，他眯着眼笑了一下，说，有时候我也不在，晚上我有时去相亲。

　　哟。她脸一红，笑道，帮你女儿去相亲？

　　他瞟了她一眼，说，我自己去相亲呀。

　　日光灯有轻微的嘶嘶声，空气中好似有了以前不太有的气息在悄悄弥漫。他们冲着对方笑。他看着她不以为然的样子，嘟哝了一句，我也有这个需要呀。

赵雅芝"切"地笑了一声，她故意定定地看定他，好像看穿了他似的，而心里有奇怪的焦虑浮起来，让自己陌生：是啊，这样子，这身份，不错的，去哪儿找。她好像看到了许多年轻女士像蝶儿一样起舞，他冲着她们在憨笑。这个老实人。

她就说，现在很俏啰，要吊起来卖啊。

这家伙居然点头，还咧嘴对自己笑。可见男的都是不老实的。日光灯在嘶嘶响，是不是有点意味深长的东西正随面前这杯茶水的热气在升腾起来？赵雅芝果断撤灭这热气的苗头。她说，那好，抓紧啊。

然后她就叹了一口气，说自己最近不顺，除了车祸，这一阵更是遇到了极品。

她把自己与安安、强总的过节，以及价值观上的不同对他倒出来。

说着说着，她就好过一些。她想，这些小事让他听来是不是好笑？她以前从不对别人说上班的事，今天她像一个生气的婆婆，对着一班媳妇叹气。她知道这不是太好，但她无法控制。而他冲着她点头。他安慰她，不复杂的地方就不是单位。

他伸出手指，对着办公室画了一个圆圈。他说，我也不适合当官，如果我把一天的烦事告诉你，你可能会劝我赶紧别做这个官了。

她说，不，我会劝你做，因为我发现，在这样一个格局里，只有做上去，才能更大程度地控制一些自己的命运，轻渺者没有尊严。

他笑起来，脸上是书呆子般的纯真，他说，其实一样的，即使升职上去，但在另一个层面上，你也就更多地失去了对自己的掌控，命题是一样的。

她懂他的意思，但那个层面是她现在没感知的，所以不算。

在概念上，他们说不服对方，那就暂时别说了，吃饭去吧。

老韩打电话给办公室主任，让他帮助订个餐厅，他说，我个人请客，安静点的。

　　然后他们出发。由老韩开车，去江畔的"观潮楼"。赵雅芝说，太高档了，省省吧。老韩说，难得请你吃饭。

　　落地窗外是波光粼粼的江水，餐桌上烛光摇曳，散发着淡淡的桔香，玫瑰花瓣漂浮在洗手碟里，长笛在舒缓地吹奏着《梦幻曲》。这样的情调有它的寓意，让赵雅芝和老韩都不太自在。好在今晚赵雅芝的心思没落在这些细节上，她的烦恼让她从这优雅的氛围中穿梭过去，依然坠落在办公室的麻线团里。她说自己到了这年纪、这份儿上居然还要去和年轻人PK工作量，PK谁服谁，活干到这份儿上也真够败落的。

　　她说自己原本对岗位、级别无所谓，但现在发现它们意味着别人给你的尊严，尤其是，即使自己不在乎，但跟你多年的小伙伴们总是需要安顿好……

　　老韩明白她话里的意思，但是不理解她的心境。他嘿嘿笑道，我看，像你现在这样不是蛮好吗，干吗要去挑那个担子，到这个年纪了，需要让自己静下来，需要有自己的时间喘口气，我做梦都在想退居二线……

　　他说，每天处理业务，处理人事，处理别人的情绪，说真的，烦都烦死了。他镜片后面的眼睛里有柔和的光，这让他看上去就像亲人。

　　赵雅芝懂老韩在说什么，但以她今天的憋屈心事而言，她认为他矫情。她拿起杯子，轻轻碰了一下他放在桌上的杯子，说，那就熬吧。而她心想，呆人呆福，你有这样的安然，是因为突然而至的好运，如果你还是个科员，能这样轻飘地说这些吗？

　　这么想着，她就把原先想托他的事消化在自己的心里了，算了，不说了，书生啊，对书生你又能怎么办。当然，原本也说不太出口，虽然是老同学，但以她孤傲的心性，她还是觉得别扭，直接要他帮忙打招呼，这话怎么说都让她别扭，再说他的语境、心境还接不上茬。不托了，她心里倒像是放下了一块难堪的石头。

烛光映着赵雅芝的脸和长发，优雅得像笼罩在她周边的一道光晕。老韩突然换了一个话题，说，问你一个事，国庆长假想不想出去走走？

赵雅芝摇头。她属于宅女。

他继续邀请，要不你和我们一起去希腊吧，我女儿想去那儿，就当作是给她的生日礼物，要不你跟我们一起去，散散心。

生日？赵雅芝一愣。她脸前晃过张彩凤的脸。她由此有些走神。江风吹拂着波光闪烁的江面，像虚空中的意境。赵雅芝环顾这优雅的餐厅，这桌上的江鲜，和老同学烛光下显得年轻了的脸庞，心想，拥有和缺失，必要和不必要，博取和自得其乐，其实谁都明白是怎么回事，别人无法安慰你，是因为安慰不是来自于同一个处境。她想起来两个小时前坐在楼梯上张彩凤对自己的言语，那些言语和眼前的这些话未必不是同一个意思，但此刻感觉前者好似更暖胃些，虽然现在她有些喜欢面前这张亲切的脸。

她站起来，说，要回去了。

老韩问，那么去不去希腊？

她笑道，节假日我从来不出去玩，我一个人在家里待待算了。

广场舞

【第八章】

那些跳舞的人，像大地上流动的水，正在稳稳地移位，向左，向前，刹住脚，突然向后……集体队列齐刷刷，有大妈们不容阻挡的势力和范儿。

老韩开车送赵雅芝回家。到了她家小区大门口，赵雅芝下车，向他挥手。他也把手探出车窗外，突然他指着门口小广场上跳舞的人们说，你呀，与其烦心上班那些事，还不如去跳广场舞。

赵雅芝回头看了一眼，小区大妈们正在跳舞，一个个沉静地旋转，摆手扭腰，"我看见一座座山，一座座山川，一座座山川相连，呀啦索，那可是青藏高原……"

赵雅芝知道老同学想开玩笑。只是这书生连开玩笑都显得没头没脑。她犀利地笑道，切，我是有跳过啊，这你就不知道了吧，前两天我就跳过。

玩笑虽这么开，但他真的觉得我像是能与她们为伍的大妈吗？赵雅芝心里讥笑着，穿过门庭，绕过那些跳舞的人，她们像大地上流动的水，正在稳稳地移位，向左，向前，刹住脚，突然向后……集体队列齐刷刷，有大妈们不容阻挡的势力和范儿。

在这个小区，大妈们开跳广场舞还没多少时日，赵雅芝看她们此刻起舞的架势，心想，已经挺像样了。

队伍中有人在叫赵雅芝：姐。

是雅兰。

赵雅芝看见妹妹赵雅兰也在队列中，吃了一惊，心想，她怎么就跳到这边来了？

雅兰已经走过来了，她对姐姐说，我来你家找你，你不在，我就先跟他们跳一会儿。

赵雅芝觉得好笑，说，你真的上瘾了。

雅兰说，你去哪儿了？这两天你怎么不过来一起跳？

赵雅芝说，我哪能天天来跳舞呀。

雅兰说，医生建议你跳舞呀。

这么说着，两姐妹上了楼，进了家。

赵雅兰说，我还以为你今天会来的，结果见你没来，我就过来看看你。

赵雅芝说，今天我有个应酬。

雅兰注意到了姐姐脸上淡淡的酒色。哟，是有约会吧？她盯着姐姐的眼睛，兴奋起来。她希望这个姐姐早日嫁出去，老这么耗着，转眼间就真的老了，总得有个伴儿吧。于是她拍着雅芝的肩膀问，是有约会？那人是干什么的？

赵雅芝笑道，别那么八卦，只是老同学聚会。

雅兰就有些失望，这才想起来今晚自己来这儿的目的，一是来探望姐姐，二是来抱怨的。

她说，从前天开始，你们公司就派保安拦我们，不让我们在绿地广场跳舞了，说小广场要改建成商务楼。我们跟保安们争，一边争，一边放音乐照跳，他们就围在我们旁边，虎视眈眈地看着，一点跳舞的感觉都没了，他们说，从明天起，绝对不让跳了。

赵雅芝愣了一下，说，啊，有这事？

雅兰说，你们公司怎么了，这么一块空地，又是晚上时间，那么小气干吗？

赵雅芝说，你对我抱怨有什么用，我又不是公司的头儿，那块地本来就是公司的用地，以前一直空着，是为了拖几年让地价升一升，现在据说公司想动工盖楼了，因为有地产大鳄的资金投入，想联手搞商业楼。

赵雅兰说，不对，我们有姐妹去问过了，你们公司门前临河的那块地有一部分确实是你们的，但也有一部分是公共的，你们一盖楼就把公共的给挡住了，等于是圈进去了……

赵雅兰今晚来这儿看姐姐，只是抱怨一下这事，因为那些保安的坏脾气把她气昏头了。而赵雅芝误以为她是想让自己向公司反映，让她们有个跳舞的地儿。

赵雅芝想着强总的那张脸，就对妹妹摇头说，我没法为这事替你们去说，我自己的事今天都把他惹烦了。

赵雅兰笑道，我可没想让你管这事，这事干吗把你扯进去，你还要在这家公司捧饭碗呢，再说，即使你去说了也白说，人家干吗要这么有公益心。

赵雅芝给妹妹倒了一杯水，说，其实这事你还不如找你家珺珺，她是记者呀，让她报道一下，说不定就搞定了。

赵雅兰眼前一亮，怎么把珺珺给忘记了。

于是她就给女儿钱珺珺打电话。珺珺一听，说，哪有这个道理，我去他们公司采访，让公众评评。

广场舞

【第九章】

当城市的公共空间被侵蚀，跳舞者的集体焦虑就像
潮水一样涌起，他们说，我们一定要把跳舞的地盘
夺回来。

今天强总心情糟爆了。

因为不知从哪儿跑来了一个女记者，也不知她从哪儿打听到了公司想开发门前闲置多时的空地，盖一座商务楼。

她登门时，还以为她是来采访公司上市的事，强总笑脸相迎。但谈了没几句，就发现她是来问这个的，就好言相哄，想把她哄走。他说，这个空地，本来就不是绿地规划，是我们公司简易地将它种上了草皮，临时充当一下小广场，但它不是广场，是我们公司的商业楼用地……

她总算走了。但第二天，报纸上出现了《为百姓留下一片城市空地》的呼吁式报道。

然后在接下来的一周里，一篇篇报道接踵出炉，公众热议一片，强总坐立不安了。

他托了媒体圈的朋友打听这记者是谁，有哪方面的关系可以拜托，请她歇笔。

哪想到，打听来的消息居然是：早报记者钱珺珺是赵雅芝的侄女。

强总想着赵雅芝最近的脸色，一时不知该怎么对她说这事。

连着几天，赵雅芝早晨来上班的时候，都发现自己的办公桌被擦得干干净净，桌旁的开水瓶里已经灌满了热水。

毫无疑问，是张彩凤干的。但赵雅芝暂时还不知道。她用心留意是哪一位的好意。当她以寻找温暖的眼光去打量这间办公室时，心里就好过了一些。

有一天早晨，桌子上放着一只保温盒，里面是热的粽子。

于是，赵雅芝笑起来，她知道是谁了。她把粽子拿出来，放进自己的午餐盒里，尝了一个，然后提着保温盒，往洗手间走。

张彩凤正在水光盈盈的洗手间里拖地，看见赵雅芝进来，就笑道，自己包的，台式粽子的包法。

赵雅芝说，挺好，我尝了，里面还放了虾干，蛮特别的。

张彩凤想起了什么，她从自己搁在洗手台盆旁的清洁包里拿出一个大信封，递给赵雅芝。赵雅芝打开一看，是自己随手丢在废纸篓里的文案草图稿，被她收拾起来了。

张彩凤凑近赵雅芝的耳边，你以后下班前把桌上的那些稿纸和笔记本收起来。她指指那个信封，说，这些东西要么撕掉要么留好，因为我看见有人在动它们。

张彩凤的眼睛里有欲言又止的东西。赵雅芝被激了一下，她感觉皮肤上有细细的冷意，泛着水光的洗手间像是不真实的空间。

赵雅芝嗯了一声。她瞅着信封里的草稿，突然明白了为什么最近每一次部门例会，自己的设想还没说尽，方纯、张灿丽他们几个年轻的就表示不认同，他们计较的细节甚至是自己还没来得及陈述的，他们从哪儿猜到她的想法呢，他们真的是孙悟空钻进了铁扇公主的肚子？自己纳闷哪。而这方纯，原本是跟自己的，现在像蜜蜂一样绕着安安在飞，宛若安安的跟班。赵雅芝明白生存不易，也看到了这些80后的不易和果断。她想，什么样的奇葩都有，原本也就是业务分歧，但到有些人那儿就变成了站队，因为这会让得势者温暖，感觉有人在挺自己。情商啊。自己一辈子吃情商的亏。

张彩凤说，多留个心眼。

这清洁工眼睛里有洞悉的神色，那一掠而过的世故和了然，让赵雅芝有些不舒服，虽然知道她说的没错，但她好似站在高处，这种练达和关照让赵雅芝心里惶恐，感觉自己像个笨小孩。

呵呵，你想得太多了吧。赵雅芝让自己不以为然地笑起来，她摇摇手里的信封，径自往洗手间外走。正在这个时候，妹妹雅兰打来了电话，告诉她，闹大了，闹大了，你知道吗，钱珺珺写的报道引起了公众的热议，基本一边倒，"为百姓留出一片空地""谁占了城市公用空间""别把公用区域变成私家花园"。

赵雅兰说，你看着，我们一定会把跳舞的地盘夺过来的。

广场舞

【第十章】

她发现自己也在起舞的队伍中了，她不停地旋转，摇摆，她跟着别人在跳。她发现这种感觉挺好，谁也不认识谁，但又好像全都认识的。

赵雅芝坐在桌前发呆。现在她的桌面上收拾得干干净净，干净得有些可笑。

　　她的视线掠过这间屋子：有钱的，没钱的，凤凰男，白富美，屌丝，富二代，混坐一室，一个屋檐下早已阶层纵横了；而年纪呢，50后，60后，70后，80后，90后，像一个个波浪，掩映在一片忙碌的尘烟中。而现在你清晰地看到了它们的存在，是因为你低落的处境。波浪层层向外铺展，安安是此刻的中央地带，越往外围是越黯淡的边缘——90后的在撒娇，80后的眉宇间有情感的忧愁，70后在为子女中考烦恼，60后在叹息父母的身体，50后呢？赵雅芝一下子想不出准确的词儿。她的视线落在窗外。广场舞，呵，跳跳广场舞，表达存在感。也不知是怎么回事，"广场舞"这三个字蹦出了她的脑海，她遏制不住地笑起来。同事们转过脸来看她，觉得有些奇怪。这时桌上的电话铃响了，是强总打来的。强总让她去一趟他办公室。

　　强总手肘撑着桌面，托着自己的脸，告诉赵雅芝，有件事想请她帮个忙。

他的表情有点像落地窗外的阴天，虽然冲着她客气地笑，但郁郁寡欢一目了然。

他说知道有个记者叫钱珺珺，是她侄女。他想让她劝钱珺珺歇笔，别揪着门前的空地不放了，市场的事由市场解决，政府的事由政府来办，搅出那么多感叹干什么？公众娱乐休闲的事，该由政府解决，纳税人的钱不是交了那么多吗，老奶奶们想跳舞，政府给她们找块地儿不就得了，这是稀松的事儿，政府现在不缺钱，而我们的地是我们拍卖来的，一分钱都没少花……

他把一台 MINI IPAD 放在她的面前，说请她带给钱珺珺。他笑道，这女孩文笔了得，是才女啊。

原来是这事啊。赵雅芝微皱了眉，向强总摇头。她不喜欢他这样说话的腔调，更不喜欢他找她办这事的方式。再说，赵雅芝也知道这个侄女的脾气，她喜欢这样的脾气：职业，利落。自己和这个侄女的相像甚至超过儿子赵悦。

赵雅芝告诉强总，我可劝不动她，她才大学毕业，很理想主义的一个青年，你自己去劝她吧，我可以帮你把她找来。

随后赵雅芝说不好意思，转身离开了。强总就有些不高兴。

第三天下午快下班的时候，公司人力资源部部长老蒋通知赵雅芝：因工作需要，公司决定调您去综合办公室工作。

转岗？凭什么？

赵雅芝站在人力资源部的走道上，脸色像头顶上方的日光灯一样惨淡，她扶着一旁的书架说，为什么，为什么？

老蒋劝慰她，工作安排嘛，正常的。

而她心里知道这是强总，以及安安的主意。她想一定是前天自己不肯帮忙让他不爽了，而安安又对他表示不想跟自己合作，所以他们就打发她去综合办。

不走，老娘不走。

赵雅芝无法遏制自己的愤怒，她几乎发作。她用低沉而果断的声音对人力资源老蒋部长说，我不会放弃业务，不走，我不调。

她去了强总的办公室。

她进门时脸上的微笑和沉静，让强总误以为她很高兴这样的安排。因为他知道她现在待在设计部不爽。

他向她点头。公司这个年纪的女人都想调往"综合办"，因为那里没有业务考核的压力。

她从容地走过来，坐在强总面前的座椅上，指了指自己身上墨绿色的中式短衫，微微笑道，不好意思，今天穿错了，穿了这个来单位。

强总没反应过来，说，没关系，挺好的，民族风。

赵雅芝用手指弹了一下衣袖，说，看上去有点乡气。

强总觉得有点怪，因为赵雅芝从来不跟他说这样的话题，这不是她的风格，再说，这公司里也很少有女人跟他说穿着。

他不知她想说啥，就笑道，衣服是配人的，你穿什么都不会乡气。

赵雅芝笑道，老喽，有些衣服就不配了，自己还不知道。

强总说，哪里啊。

赵雅芝仰了一下头，说，怎么不是？你不也觉得我是到养老的份上了，呵，那我可得谢谢你了。

强总立马感觉到了她语气里的犀利。他支吾了一下，说，你不是想动一下吗，所以安排你去了综合办。

而他心想，你不就到养老的年纪了。

赵雅芝直视着他，说，我好像没说过想动一下吧。

强总坐直腰板，冲她意味深长地一笑，说，你没说，但有人说了。

赵雅芝立马想到安安，她刚才进门时尽力遏制的情绪此刻不听使唤地涌上来，她说，呵，有人说？那她自己干吗不去。

强总一扬眉，说，他干吗不去？呵，我好不容易在综合办挪出一个岗位，还以为你高兴去。

赵雅芝脸上有气恼的神色，她说，我在这里拼了几十年，怎么落到这样一个归宿？我不去。我这辈子没别的喜好，就只剩这点业务了，我不去。

她说，我知道谁想让我去那儿，觉得我适合去那儿的人，不是脑子有问题就是心理有问题。

她的冲劲在上来。孤傲的她平时犯倔时言语也常这样不留情面，把人得罪了还不自知，这是她改不了的毛病。

强总的冲劲也在上来，他说，那你托人干吗，是不是脑子有问题？

赵雅芝说，我脑子怎么有问题了？您说说这些年设计部谁的业绩最突出，是不是新总监上岗了，以前干的都不算数了？一家公司如果这样势利，我看也不会有多大的前景，做公司和做人是一个道理，善良才有前景。

他们就争吵起来。办公室里，万丈情绪像水帘一样细密低垂，他们渐渐地听不清对方在抱怨什么。

清洁工张彩凤就是这个时候拎着拖把走进强总办公室的。她好像没看见他们在争吵，或者说那些争吵的言语对于清洁工而言，就是空气。她埋头干她的活儿，她的拖把在地上飞快地划动，划出了一个个圆圈，那泛着水光的圈圈把站在屋子中间的赵雅芝和强总围在了里面。他们在圈里一本正经地吵着，这使场面有些逗笑。然后张彩凤的拖把开始向他们的脚边发起进攻，晃来晃去，他们的双脚在避闪，而他们的嘴还在争锋。张彩凤声音低沉，显得很酷：让一让，让一让。拖把横扫，清洁工忙中添乱，把他俩的争执打岔开去。她一直拖啊拖啊，没完了。因为她的存在，争吵的火气被压在低空了。

赵雅芝皱起眉，看着埋头的张彩凤，知道她的用意：这女工是想让自己克制住，收一下场。

赵雅芝就转身走出了强总办公室。

赵雅芝飞快地走出大楼，已是下班时间，夕阳落在对面中国银行的幕墙玻璃上，反射出万道金光，凯地大厦上一块巨大的LED屏正在滚动播放广告，章子怡、汤唯、乔治·克鲁尼……一张张漂亮的面容，闪现于城市的高处，似在奢华中睥睨黄昏时众生的哀乐。赵雅芝想着自己将带着一肚子的郁闷回到清冷的家，那感觉宛若流放。她放缓了脚步，绕过绿地边缘的银杏林，秋天已深，金灿灿的叶子像在晚风中燃烧。赵雅芝在石凳上坐下。从这边看过去，利星广场写字楼像一支瘦长的别致冰砖，虽被夕阳镀了一层淡粉色，但仍掩不住它的冷调和酷劲。门前那片绿地和绿地中央地带的小广场上人影稀疏，只有几个保安在走动，那些跳舞的人今天没有出现。她突然想起了妹妹赵雅兰说的事。她就去数保安，一共八个，她觉得搞笑。

不就跳跳舞吗？有什么不可以的。这附近又没居民，这个时间点上，也谈不上扰民。她想，有什么跳不得的，偏来跳。

她想起雅兰和她的舞友们，以及钱珺珺的抗争。强总郁闷的表情在眼前晃动。她心里由此觉出一丝痛快。她说，有什么不可以跳的，这地儿有什么可拒人千里的，即使要盖楼，但现在总还没盖吧，现在让人跳跳又有什么了不得的？

赵雅芝站起身来，见四下无人，就移动脚步，扭了扭腰，张开手，旋转了一圈又一圈。跳，偏要跳。

然后她往街边走过去，该回家了。"把腿儿抬起来，把手儿摆起来，把腰儿扭起来，把头发甩起来，把歌儿唱起来，把舞儿跳起来，把心情放松起来，把笑容露出来……"马路对面的中国银行门前，有一摊子人在跳广场舞，太阳还没下山，他们就开始跳了。

这一带其实每隔几十米就有一支跳舞的队伍，每天从这个时候起，它们陆续登场。如今利星广场写字楼门前的跳舞者被赶走了，挨得最近的中国银行门前的队伍就壮大了。

赵雅芝站在路边等红绿灯，她饶有兴趣地看着对面的那些舞者，他们动作轻捷，训练有素，当他们侧转身，伸展的手臂像波浪一样起伏时，脸颊上居然有完全一致的美滋滋神色。十米以外就是废气汹涌的大街，他们跳着轻松的舞步，在黄昏中，稳稳地把自己圈在自己的氛围里，正美着呢。

赵雅芝穿过马路，在舞队旁站住了，其实除了她，街边还有许多人在围观，这一支广场舞队跳得太好了。"跳起来，跳起来"，歌声悠扬，感染力满满地溢在街边。许多人都为此驻足。赵雅芝后来发现自己坐在银行的台阶上在看着她们跳。

我们刚才说过今晚她不想太早回家，今晚可能又是一个失眠的夜晚。她下意识地拖延着回家的时间。她坐在这儿，看着她们在跳。这里至少还有热闹。当一个人把自己挤入热闹的人群中，多少会淡忘一些孤独。眼前的那些跳舞者，像少女一样旋转，许多人脸上时而绽放天真，时而径自微笑，好像在歌舞中走神。走神，没错，对这喧嚣大街的走神，对烦嚣日常的走神。

也可能是赵雅芝看得太久，也可能是队伍中有热心人看出了她的兴趣，她们中有人过来拉她，"一起来，一起来，不要紧的"。

于是后来她发现自己也在队伍中了，她不停地旋转，摇摆，今晚妹妹不在，她一个人跟着别人在跳。她发现这种感觉挺好，谁也不认识谁，但又好像全都认识，在转身间，视线相遇时，真的好像是彼此相识的，递一个笑意过去，那边也含笑回应，都是同代人嘛，小时候也这么跳过，好久没跳了，几十年没跳了，当然小时候跳的是"忠字舞"什么的，但在队列中起舞的感觉有通往记忆的熟悉通道。赵雅芝举着手，踩着节奏，向左向右，在排舞的队列中，渐渐放松。她发现，在这里跳舞的人，多数是知识分子，而不是纯粹的大妈，这一点看得出来，放的音乐也比较主流，以高亢的藏族歌曲为主。赵雅芝跳着，随音乐进入高原万马奔腾的辽阔天地，她的手似在扬鞭，慢慢地，就啥都不想了，快乐在上来，月亮已经从凯地大厦后边探出来了，悬在"凯地"与"利星"之间的天空中，黄中略微暗红，宛若咸鸭蛋黄。身边的跳舞者像浪潮一样摆动，赵雅芝也开始走神。是啊，这生活人人都在过，别人也在过日子，不都在过吗？赵雅芝的视线凝在那个月亮上，她跳啊，感觉像一朵尘埃一样轻飘起来，难怪妹妹雅兰说跳广场舞是因为舒服。

旁观者中有人向她挥手。

呵，是张彩凤。她拎着一只背心袋，在向自己笑。

这清洁工怎么回事，老盯着自己？赵雅芝觉得有些窘，居然让她看见自己在这里跳广场舞。赵雅芝脸都红了，她想起一小时前她挥舞拖把的样子，心想，别以为我受了刺激吧。

她赶紧停下来，往队列外走，张彩凤说，嗨，赵老师，跳得可好了。

赵雅芝掩饰自己的慌乱，说哪里哪里，一时兴起，看她们在跳，觉得好玩。

张彩凤说，蛮好蛮好，赵老师跳舞样子很好。

赵雅芝微笑摇头，我小时候在文艺宣传队练过，功底还有一点。

张彩凤说，我小时候也是文艺积极分子，现在老胳膊老腿了。

张彩凤当然是有心人。今天她跟着赵雅芝而来，就是想送她回家，她知道赵老师今天心里郁闷得厉害，与老总大吵大闹的，图一时嘴快，最后刺伤的则是她自己。

是的，今天赵雅芝心里受了伤。但是，这个晚上她却没失眠，可能是跳舞跳累了，倒头就睡着了。

也可能她下意识地在街边跟着人家跳起舞来，就是想累一点，宣泄一场。结果，还真做到了。

广场舞

【第十一章】

这个青春女孩像是前来跟她谈判人生的下半场走向。她抬起头，透过窗子和桂树枝看出去，先前在跳广场舞的那些大妈们已经散场了，要不然自己也出去跳一下，这屋子和这心里都太闷了。

女孩韩丹来找赵雅芝，是第二天晚上。

她站在赵雅芝的门口，自我介绍，是赵阿姨吗，我叫韩丹，是韩霆振的女儿。

赵雅芝当然知道韩丹是谁。在韩丹还是小姑娘的时候，赵雅芝就见过她，记得有一个冬天的傍晚，赵雅芝在街边遇到老韩父女俩，当时读小学的韩丹坐在自行车的后座上，梳着两支小辫子，怀抱书包，刚刚放学。老韩让女儿叫阿姨，小姑娘眼神纯真，粉雕玉琢的小脸蛋，乖甜地叫了声：阿姨好。在北风呼啸的街头，赵雅芝心里有融化的感觉。想不到老韩这呆头鹅，还有这样一个天使般的女儿。那个冬天黄昏像蜡烛一样被父亲护在手心里的小女孩，给赵雅芝留下了很深的印象。

后来的几年，每次开大学同学会，老韩都会把小姑娘韩丹带在身边。再后来，韩丹读中学、大学了，就不太跟爸爸一起出来了，赵雅芝就再也没遇到过她。

现在站在赵雅芝面前的是一个靓丽夺目的女孩。赵雅芝平时听老韩说起过她，知道是个漂亮女孩，但没想到有这么好看。难怪那个张彩凤有心痛的感觉，这么一个女儿，竟然是咫尺天涯的距离，换了谁都肝肠寸断。

赵雅芝笑着请她进屋。韩丹面容沉静地进来。

赵雅芝说，你小时候我见过你。

韩丹低了一下头，微微笑笑，在门边一张椅子上坐下。有那么一个瞬间，赵雅芝竟有些走神，木讷书生韩霆振和清洁工张彩凤怎么有气质如此清丽的女儿？低头，微笑，坐姿，举手投足，像极了当红影星汤唯。

旋即，赵雅芝张罗泡茶。韩丹欠起身说，赵阿姨，您别客气，不用泡茶了，我马上要走的。

赵雅芝径自泡好茶，请韩丹坐到客厅沙发上。韩丹没动，摆摆手，意思是不用了。她说，阿姨，我也不知该怎么开口，但是我知道我必须来找您。您和我爸的事，您到底什么态度？

什么态度？赵雅芝愣了一下。她定睛看这女孩，这女孩瞅着自己的古怪眼神，让赵雅芝明白她指的是什么。

都在瞎想什么呀。赵雅芝有些慌乱。她想，哪跟哪啊，谁跟这么个孩子扯这八卦了，有什么好担心的，影子都没的事。

对面那双语义丰富的年轻眼睛里有犀利。赵雅芝让自己的气场扬上来，她朗声而笑道，丹丹，你想想，我和你爸能有什么？旁人不了解你爸，你我难道也不了解吗？赵雅芝笑声更爽朗了。我和你爸要是能凑成一对，那早该凑成啦。一看你就冰雪聪明，难道你没发现吗，我和你爸是不同的类，类不同就不能归并。所以你尽可放心，我和你爸呀，什么事都不会有的！

赵雅芝话音未落，韩丹的眉宇间有了隐约烟火。赵雅芝不知道她是听了自己的话而烟火隐约，还是在别处听说了什么或瞎琢磨出什么而发急。赵雅芝好奇韩丹的急，是急她老爸跟自己好了，还是急没跟自己好。按常理，该是前者吧。父女俩相依为命了那么多年，就像自己和儿子，当然不希望突然插进来一个人。

于是，赵雅芝宽慰韩丹，我和你爸真的什么事也没有。我们是有些往来，老同学，很正常嘛。大人的事，你慢慢就明白了。你是不是听到什么闲言碎语？

我没听到什么，但我看到了不妥。韩丹脸上的沉静在飞快地移去，变得快人快语。真像张彩凤！赵雅芝在内心嘀咕道。韩丹说，你这样拖着他，不给他明确的态度，这不是善意的方式。

这下，赵雅芝真的颇感意外了。这姑娘原来是来替她老爸说亲的。上帝啊，如今的孩子怎么都这样?! 话被逼问到这份儿上，赵雅芝也不愿再轻易接茬。她收起自己的笑容，不动声色了。

客厅里有沉重的气氛在弥散。韩丹的话，韩丹的表情，与她的身份、年纪都不搭，但她说得那么明确，丝毫不容怀疑。窗外那些跳广场舞的人又出动了，弄出很大的声响。旋律透过桂树的枝叶传进来，映衬着屋里的沉重。

僵持几秒钟后，韩丹又开口了，我觉得，到我爸这个年纪，到他这个级别，到他这个人生阶段，他该给自己一个幸福了。如今牵线的、看上他的，多了去了，但他都心不在焉，没给他自己一个安排，这是因为他心里有指望。

我同意你的观点。你爸有能力有权力给他自己一个安排，但这和阿姨我无关呀，丹丹，你说对不对？

不对！因为我爸心里的指望就是你！所以，你到底是什么态度，该跟他讲明，好让他彻底明白。阿姨，您遮遮掩掩，我看不下去了。您又不是我们这样的小年轻，有的是时间。一天天拖着，今天给他一点盼头，明天给他一点暗示，后天又毫无道理灭了那点盼头和暗示。这是对他的折磨，阿姨，您是什么意思，该爽爽快快说出来。

说到这份儿上，赵雅芝心里有种被刺伤的疼痛。她说，瞧你说的，我哪有那么多的意思？哪有的事？你们怎么都说我影响了他?！影响了他以前，影响了他现在，甚至还将影响他的未来，你们是不是这个意思？你爸他又不是小孩。我早对他讲过，我和他不是同类项，没法合并，我怎么没讲过呢?！我一直在讲，讲了多少年！你应该去问问你爸，到底是阿姨我没讲清楚，还是他从来听不懂?！

情绪蓦地变得有些激动的赵雅芝看到了韩丹的脸涨得通红，她突然意识到自己的"失态"。诸如此类的事，跟他女儿唠叨有什么意义？她毕竟还是小孩。于是赵雅芝竭力放松自己的表情和声音，宽慰她说，大人的事，你也不明白，你是小孩，管这些干吗？

韩丹说，按理讲，我是不该管，但我爸把我拉扯大，这么多年为了我，他一直单着；这么多年我最怕的事就是他给我找个后妈。但现在，我明白了，我再这么想就是自私了。他转眼就要六十岁了。我不能再拖他，不能让他晚年也一个人。再说他也想有幸福。如果您有意，就表明态度；如果没这个意思，那请您也别拖着他！

拖着他！赵雅芝差点叫起来，我拖他？天哪，我哪拖他了？

赵雅芝说，我哪里拖他了？我从来不拖任何人，我从来没这个意思。她说这话的时候，心里有荒唐的感觉。窗外又换了一支乐曲，是她熟悉的《南泥湾》。有那么一刻，她竟感觉这女孩像是在跟自己谈判，关于她老爸的人生和她的关系。

韩丹说，阿姨，既然您说您从来没有想和我爸好的意思，那么你为什么一会儿跟他去听音乐会，一会儿约他吃饭，一会儿还托他调动工作岗位，那您这些都是什么意思呢？

赵雅芝锐利地瞥了她一眼，说，我跟他是正常来往，哪有你想象的那么多意思。

韩丹的嘴边有不以为然的表情，她说，你说你没有，但他以为有，他为了你调动岗位的事，想了一晚该怎么跟你公司的人谈条件，他不是爱办这种事的人，但为了让你调到一个轻松的岗位，他……

赵雅芝愣住了，他让我调到一个轻松的岗位？天哪，有没搞错啊，他在干什么？我可没让他办这事。

赵雅芝心里在叫，猪头三，我可没想调到什么轻松的综合部，我是不想让那"酷女"跑到我前面去，有没搞错啊。

赵雅芝站起来，她的情绪在上来，她的脸色在沉下来，她想说，你让你爸赶紧去相亲吧，不是有好多人看上他了吗，我是不是他的菜我不知道，但他不是我的菜，赶紧赶紧。

但面前的韩丹毕竟是老同学的孩子，赵雅芝没说出口，她只说，我可不想和你们这一家人缠了，烦都烦死了，我受不了了。

韩丹已经起身，出了门，往楼梯下走。赵雅芝冲着她的背影，心想，一个个都是死心眼。

韩丹走了，赵雅芝哭了一场。这么个女孩言语表情怪怪的，虽然可以说孝心泛滥，但许多话刺伤了她。这些话此刻就在空寂的屋子里回旋，让她感觉这一天无论是在办公室还是自己的家里都无处可藏。她抬起头，透过窗子和那些桂枝看出去，先前在跳广场舞的那些大妈们都已经散场了，要不然自己也出去跳一下，这屋子和这心里都太闷。她下意识地从桌边拿过手机，拨打过去，她发现自己打的是老韩的电话，啊哟，最近这阵子好像确实有什么事都会打一个电话问他，好像越来越习惯了，是不是这真的让他想多了。她赶紧撤掉，心想，以后少打电话找他了。

但老韩马上回过来了，他笑呵呵地问，老同学有什么事？

她说，我可没让你找强越换岗位，我更没想调到什么综合部去。

他说，啊？那边不好吗，强越说综合部是好多人想过去的，好吧好吧，我明天再跟他说。

她立马说，不用了，我已经搞定了，你千万别管了。

打完电话，赵雅芝想着刚才韩丹的某些话又痛哭了一场。这个晚上她心烦意乱，觉得这些生活琐细的麻线全缠成了一团，细密地围在她的身上，到这把年纪了，好像很多事都像考试一样，要收卷子了，自己还没做完题，或者说还没想做完，别人就从各个方向来催交试卷了。

儿子赵悦这个晚上刚好回家来取一本乐谱，几年前他写过的一些曲子夹在这本乐谱里。

他开门进来时，看见妈妈趴在餐桌上。他就有些紧张，问，妈妈，怎么了？

妈妈抬起哭泣的脸，不好意思地说，别管我，妈妈最近不是太顺，你别管。

赵悦知道老妈是奇葩，但从没看到过她的软弱，总是目睹她各种层次的要强，所以这个晚上他就放心不下。他追问，怎么了，要不要去医院？

他注意到了茶几上的纸杯，就又问，谁来过了？

赵雅芝心里憋屈，忍不住就说了刚才老韩的女儿居然像是来谈判，问自己到底想对她爸怎么样。这也太荒唐了，其实，哪有这样的事啊？

赵悦差点跳起来，有没搞错？她以为自己老爸是厅长了牛B了，还以为谁都想高攀哪，什么意思啊，有没搞错！

赵悦心里还涌起了不安，他好像从没想过老妈再嫁，从小到现在就没想过，他无法忍受这个想法，即使到他现在这个年纪。再嫁？怎么可能啊，也不可以啊。

他认定那个老韩的女儿有病，这么没头没脑地把老妈惹哭了，是因为她自以为她爸有多了不起了，她家有多了不起了，有病啊，是逼婚还是怎么的，老妈绝对不会再婚的，怎么可以啊。

这事让他愤怒。他都快忘了今晚他来拿以前谱写的曲子，是因为其中有一段旋律，想用于正在创作的"动漫节"开幕式主题歌中。这些天他为这歌费尽了脑力，但一直找不好核心旋律。

他生气地在客厅里走来走去，一边安慰老妈别生气，一边对有人居然想让老妈结婚感到郁闷。

他知道那个韩丹，小时候在老妈的同学会上遇见过，并且和她在一张张桌子底下钻来钻去，玩捉迷藏。当时旁边就有大人开玩笑：瞧两个小孩玩得多好，干脆两家一起过算啦。

那时候，他就对说此话的叔叔们很愤怒，他们嬉皮笑脸的。而他们看着这么个小孩生气了，就更开心了。

也可能，赵悦多年跟着老妈过，虽然与老妈也常争执，但多少有点恋母。他无法让自己想象妈妈居然又要结婚了。

这也很正常，换了是你，如果你突然听说你家大人又要重新结婚了，你也不会舒服到哪里去。

母亲被韩丹伤着了的样子，让赵悦焦躁。他想着老韩、韩丹关于老妈的奇怪念头心烦意乱，如果眼前有一盆冷水，他一定拎起来对着他们扑过去，把那些念头浇灭。

赵悦知道老韩的女儿是省儿童医院的医生，因为妈妈曾经说起过。赵悦有高中同学在那家医院工作，所以他很快打听到了韩丹的手机号码。

第二天中午，他给韩丹打了个电话。他说，我是赵悦，我妈是赵雅芝，是你爸的老同学，我们小时候见过，我有事找你。

赵悦声音严肃低沉。他想象着对面那个女孩的慌张脸神。他重复了一句：我有事找你。

他听到女孩在那头笑了一声，说，好啊，我中午休息，我在医院二号楼下的回廊里等你。

赵悦打车到医院。穿过门诊大厅病孩子们的一片啼哭声，他走向二号楼。空气里是消毒水的气味，那些小朋友额头上吊着盐水，一张张小脸像通红的小蜡烛让人心疼。啼哭声也烘托了赵悦心里的焦虑。他想，有没搞错，没事找事惹我妈生气，谁想跟你那个书呆子老爸结婚了。

赵悦看见二号楼下的绿化区回廊里，一个梳马尾巴的女孩正向自己这边看过来。

赵悦穿着皮夹克，墨镜扣在圆领毛衣的胸前，头发半长。他扬着下巴，走过来，说，是韩丹吗？

女孩点头。让赵悦没想到的是她居然很好看，真正的好看。

虽然赵悦在省歌舞团工作，那里美女多得是，但像她这样好看的女孩也不多，主要是面容清雅，眉目流光。

赵悦心想，好看怎么了，你爸是官又怎么了？

他瞅着她说，你把我妈惹病了，她哭了一晚上，她怎么你们了？

那女孩愣了一下，轻轻地摇头，然后叹了一口气，说，那你妈也把我爸惹病了，我爸一门心思都在她那儿。

赵悦说，有没搞错啊，你爸都几岁了？

她说，我爸都快六十了，你妈还想不想让人家有一个安妥的日子？

如果她不说这后面半句，赵悦看她好看的样子原先都快心软了。但现在他的气在上来，他说，我妈哪有这样的本事，你爸不是当官的吗，给你说起来他像是个小孩？

她的目光在迅速锐利，她反问，你妈几岁了？行就行，不行就说明，我不能让我爸这么熬下去，耗下去。

他说，有病，我妈哪天和你爸说过她有意思了，我妈怎么看得上你爸，要是看得上，早看上了。

她嘴边掠过讥笑，切，那得问你妈自己去，看不上离远点，别黏黏糊糊，尽牵着别人的鼻子走。

切。赵悦仰脸一笑，对着回廊上空的紫藤架说，我妈被动了一辈子，牵别人的鼻子？她被别人牵了一辈子才对。

韩丹的冷笑迎着他的脸而去，她说，告诉你妈，不行就不要给别人想头，都这个年纪了，时间可耽搁不起，我得让我老爸有下半场。

赵悦像看天外来客一样看着这个女孩，她居然在张罗他爸的婚事。还有这样的人。

赵悦说，即使我妈行，我这边也不行，你也省省心吧，哪有操心老爸婚事的，反啦。

他嘴边的嘲笑，像冷风一样掠过她的眼前。她说，你才有病，我可不像你，我爸为了我单了一辈子，我可不能只让他为我牺牲，他都快老了。

她严肃的神情居然有点酷。她这么说得出口，还真的有点酷。他脸都红了。他说，那你去给他相亲好了，不要惹我妈烦。

她说，切，你妈有什么了不起，等着我爸下半场的女人现在多得是。

他飞快地转过脸，盯着她说，那你们赶紧开办下半场吧，呵，我今天学到了个词，"下半场"。

他庸俗透了的讥笑，让她觉得极其难堪，因为定义不同，交流是白搭。她说，我做错什么了，我什么也没做错。她感觉自己的泪水都快流出来了，但她没让它出来，她一扬头发，利落地说，我想让我老爸趁这两年快点有个归宿，怎么就不对了，他喜欢你妈，我去告诉你妈别磨蹭，赶紧决断，行就行不行就不行，怎么就错了？即使你妈压根儿没这个意思，要她说白了，这怎么又错了？可能是我老爸一门心思，但我不想他浪费时间，这怎么就不对了，你妈也一样，都几岁了，人得现实，你妈没这个意思，就少跟他来往，少托他办事，我想快点给他找个伴，趁现在条件还行，找个合适的，老了有个伴。他喜欢你妈，我不支持也不反对，可能支持的还多一点，因为与其交往不知根底的别人，还不如老同学更了解……

她叽里呱啦说着说着，自己都有点糊涂了，到底是想说明白啥呢，但不管说啥，她犀利的目光不甘示弱地拦截着他的视线，让它们不可回避。漂亮女孩大都有这个自信，而成长于单亲家庭的韩丹从小独立，她想明白了的事就没什么不可言说的，只是瞧着赵悦那没心没肝的艺术青年模样，她想，他明白什么呀。

其实她低估了自己的冲击力，赵悦生性敏感，她的快人快语虽让他不舒服，但只言片语也有一些钻进了他的脑袋里。

他注意到了她几乎要夺眶而出的泪水，他有那么点心软，但他留下的话却是东风压倒西风的，否则自己不就白来了吗。他说，我代表我妈转告：有些人不必等，开始他自己的下半场吧。

他转身就走，听到从身后传来了她果断的声音：立马开始。

广场舞

【第十二章】

下班路上，这么一路走，一路想着混进别人的队伍里去跳舞，这是不是有些疯狂？她像个古怪的小女孩，在和自己玩恶作剧。也可能真的是受了刺激，想把上班时的一屋子烦事，舞到天边去。

赵雅芝可不知道儿子赵悦在背后瞎掺和自己的八卦，现在她的注意力只留给了办公室里的天地。

　　她没去综合部，依然坐定在设计部。她傲然的神情、骨子里的冷感，依然是这屋子里的资深大鳄，但她自己都感觉到了不可阻挡地趋向边缘的处境。是否被人轻渺，这不需要敏感，它像掠过皮肤的风一样，切确可感。

　　这是没办法的吗？资深，在这个年代的职场，可能不是一个可心的词，它意味着年华已老，经验失效。

　　赵雅芝在心里轻轻叹气。但她不会从不利于自己的感觉中撤走，她从来不会。虽然偶尔她也会想如果这次去综合部，会不会就放下了纠结？不会的。她立马告诉自己，那种受挫感对她来说是致命的，从读书年代起，她就是不折不扣的学霸，从不给自己留余地，这是她的性格。

　　办公室里每一个人都在忙碌。赵雅芝现在依然专注于她的"立体杂志"策划方案。她不信它就不能惊艳到别人，当然，如果你有偏见，那另当别论，比如安安。

带着这样的心情在办公室里坐一天，会很闷很累，比以前累很多倍。可见，干活不是最重要的，开心地干活才重要。

既然坐在办公室里不是很开心，那么坐着坐着心里就会想着下班，想着从这屋子出去透口气，然后居然想到了广场舞。

"舞起来，舞起来，歌儿舞起来，心儿舞起来。"

是的，这有点可笑，坐在这办公室里居然会念想广场舞。记得妹妹赵雅兰说过，"跳着跳着就觉得舒服，每天到这个时间点上就会想"。好像还真的有那么点。

赵雅芝发现自己对跳舞竟然有了想头，在高速运转的办公室里，尤其是快到下班的时候，对跳舞竟然有了想头。

知识女性赵雅芝就是这样进入了广场舞的队列。

有时下班晚了，她路过解放路街心花园，见那些人在跳，兴之所起，她也会放下手里的包，跟着她们扭起腰肢。而更多的时候，是晚饭后在自家小区里散步，看到那些主妇在喷水池前跳舞，她也会跟在后面轻轻旋转起来。

两支队伍，相比较而言，"街心花园队"跳得更开一些，而"小区主妇队"水平一般，尤其是"小区主妇队"的音乐与她有点不搭调，"伤不起，真的伤不起，我算来算去算来算去算到放弃，良心有木有，你的良心狗叼走，我恨你恨你恨你恨到彻底忘记"。好像是一群怨妇在楼下向家人们集体警示。好荒诞。赵雅芝混在她们中间，由此跳出了荒诞感，当然这也匹配她荒诞的一天。

而真正让赵雅芝留恋的，其实是单位对面中国银行门前的那支队伍，那些人气质、年纪与她相似，有好些是附近大学的女教师，"人都说高原高，人都说高原险，高原上有一片纯净的蓝天"，她们喜欢用悠远、辽阔的藏族歌曲伴奏。赵雅芝路过那里的时候，不由自主地被吸引。只不过那里距离单位太近，如被同事看见，说不定还以为自己是受了刺激，所以赵雅芝除了偶尔一两次站到了这个队列中，她平时很少在那里驻足。"人都说高原高，人都说高原险，高原上有一片纯净的蓝天。"

也可能是真的受了刺激。赵雅芝想，这么一路走，一路想着混进别人的队伍里去跳舞，这是不是有些疯狂。

她像个古怪的小女孩，在和自己玩恶作剧。她在心里笑，也可能真的是受了刺激。让自己舞起来，舞起来，下班路上让自己舞起来，把一屋子的烦事，把安安们的脸色舞到天边去。

赵雅芝看了看窗外的天色，该下班了。她拎起包，往门外走，她想，今天混哪一支舞队呢？

走过去看吧。她听着自己的高跟鞋在走廊上发出的声响，"笃，笃，笃。"

她心里真的住着一个小女孩，那小女孩有时固执有时撒娇有时甚至不听她自己使唤。

了解她的人常能感觉到那小女孩的存在，而不了解的人会觉得她有些怪。

而怪，也正是因为她心里有这么一个小女孩。有些女人就是这样，即使告别了青春，即使年华已老，但心里永远有一个天真的、自疼自爱的小女孩。

公司工会主席陈芳菲来找赵雅芝，邀请她参加公司的健身舞蹈队。这让赵雅芝吃了一惊。

赵雅芝冲着她笑道，我们公司？我们公司不是没这种花花草草的东西吗，哪来的舞蹈队？

陈芳菲年纪与赵雅芝相仿，性格截然相反，嘴碎心热的她在公司里被一茬茬年轻人叫作"丈母娘"。陈芳菲告诉赵雅芝，原先没有，但现在该有了，因为区里突发通知，要求各公司加强企业文化建设，你知道为什么吗？因为咱这区里有两家企业最近连续不断有人跳楼，据说员工压力太大。

有这事？那不成了富士康嘛。

陈芳菲点头，告诉赵雅芝，刚好咱们公司有几位姐妹提议，想利用午休时间组织起来，一起跳跳健身操，区里年底举办"企业文化节"，要求各家企业出节目参赛，咱这也算是备战一下吧。

赵雅芝的性格不会让她这么爽快就答应参加这类活动，她摇头道，可是我不会跳啊，我就算了吧。

哟。陈芳菲说，你就别谦虚了，像我这"大象腿"都准备上了，雅芝你应该是我们的一号种子呢。

然后，陈芳菲又对赵雅芝眨了一下眼睛，意味丰富地笑道，我可听说了，有人看见你在跳广场舞呢。

赵雅芝脸都红了，说，谁说我在跳广场舞哪，哎，你就叫那些小年轻参加吧，我都这把年纪了。

哎哟。陈芳菲嘴角的无奈笑意让赵雅芝开始共鸣，她说，我可叫不动她们，说真的，我连专业的舞蹈老师都请好了，也算是正儿八经了，但公司那些小年轻谁叫得动啊，他们这个年纪不搞这个的，没一个响应，我都动员一圈了，所以还是咱老姐们玩吧。

陈芳菲好说歹说，总算有一句话触动了赵雅芝，那就是：咱老姐们到这个年纪，在公司没人顾得着了，那就自己找乐子呗。

于是，赵雅芝就参与进去，她甚至拉来了自己在这家公司里为数不多的两位好友钱霞飞、闻凯丽。

工会主席陈芳菲一通忙碌，终于组建了跳舞的队伍。

真的像她所说，她还请来了省群艺馆的舞蹈老师。

第一次开练那天，赵雅芝过去一看，果然都是50后60后的娘子军，数一下，连同自己，总共才七人。

　　陈芳菲把五楼多功能厅作为练舞的场地。棕黄色木地板、整套音响设备，如果光线暗，还可以打开水晶灯……与街边舞队相比，这儿条件绝对高大上，只是七个人站在偌大的场地里显得势单力薄，当《青藏高原》旋律响起，这空间仿佛放大了彼此的拘谨，还比不上街边舞队里挨挨挤挤的融入感。

　　赵雅芝是一个挑剔的人，她伸展手臂，四下空旷，不知从哪一个点去撩动起舞的热度，并且由于多功能厅有一段时间没用了，地板和周边桌椅上有一层灰尘，午间的阳光跃进窗户，她感觉那些灰尘随自己摆动的手臂在起舞，这更烘托了空旷的冷清和局促。"我看见一座座山，一座座山川，一座座山川相连……"

　　赵雅芝说，得让清洁工来搞一下卫生。

　　陈芳菲赶紧打电话，通知清洁工们过来。

　　张彩凤等几个清洁工很快地过来了，用绞得极干的拖把，麻利地从大厅的前方擦起，当她们打扫到后半区时，舞蹈老师对陈芳菲说，我们可以开始了，我下午还有别处的教程，这里练完了要赶过去。

　　于是，赵雅芝她们在明净的地板上跟着舞蹈老师缓缓起舞。张彩凤等女工不由自主地在后面打量着她们的舞姿。那是另一个世界的女人，虽然可能也各有憋屈，但在她们这些清洁工面前，则是优越和深不可测的。这样的打量，使空气中有了互动因子。可能是意识到被人观看，七个起舞者也就在这么一会儿的工夫里，激活了精气神和自己的优越调子，再加上舞蹈老师的带动，所以跳着跳着，她们放开了，气氛就一点点地上来了。

　　现在，每天中午十二点陈芳菲赵雅芝们都来多功能厅会合开练。"像一片祥云飞过蓝天，为藏家儿女带来吉祥……那是一条神奇的天路，把人间的温暖送到边疆……"

如果早个一年半年，对特立独行的赵雅芝来说，这简直是不可思议的。

生活中就是有这样的契机，它突然而至，打开了你另一个侧面，你发现自己需要它，是因为你正感受着生活的缺失。于是在下意识中接受它，宛若补钙。

对于赵雅芝来说，现在每天到中午时分，她对跳舞就有了念想。当她离开坐了一上午的憋闷办公室，在洗手间换好紧身款运动装，沿着楼梯走向五楼，心里浮动着安妥和兴奋，就像有磷光的小鱼闪烁游动。

是的，这感觉很难言语。相信另外几位也多半如此，否则大家不可能越来越雷打不动准点前来扎堆起舞。

很显然，健身不是跳舞唯一的收获，更大的收获好像是准点前来这件事本身，这说起来有点绕，其实也就是在这楼里的同伙感。是的，同伙感，以一个触点延伸的相似处境感。在这样飞速运转的冷质写字楼里，人到这个年纪，居然心里会有扎堆的需求这是不是有点怪，尤其是散落在各自的办公室里以不可阻挡之势趋向边缘地带的老姐们，心里居然有相依的需求——从各自的办公室出来，带着被晚辈轻视、无视的神色，在这里列队共舞一曲，彼此放松，齐刷刷地舞动，也模拟了"群"的力量，跳着，跳着，一个个都脸色红润起来。

确实，跳着跳着，她们就是一群，一个小群体，一个小山头。因为跳舞，如今在食堂里相遇时，看着都亲近了。在这高速运转的职场空间，抱团取暖有木有？

不管意识是否如此清晰，跳跳舞吧，或轻松地，或一本正经地，来这儿，跳起来，这成了每天她们藏在这写字楼里的隐秘乐趣和暖意。

　　她们在多功能厅里练习，舞姿越来越娴熟，当她们闭着眼睛也能整齐地向左向右地移步，向前向后地旋转时，她们感觉自己聚合成一阵风，威严而势不可挡地吹过安安、来燕儿这些丫头片子的脸。

广场舞

【第十三章】

她的身体变得越来越协调，脸上的神情也愈发沉醉其间。当年宣传队里学过的舞蹈语汇穿越时空回到她的肢体记忆中，一招一式，竟有点意思了……

有一天上午，赵雅芝在"百帛"丝绸公司谈"丝绸梦园"文创策划项目。谈罢，返回利星广场写字楼时已经过了十二点钟。赵雅芝没回自己的办公室，而是直奔五楼多功能厅。

　　因心急，她见偶数层电梯来了，就先乘了上去，到四楼，出了电梯，她顺着走廊往东面的楼梯间走，准备走一层楼梯。

　　整个四楼空空荡荡，这里原先是出租给了一家动漫公司，上个月该公司搬走了，所以现在这整一层都空着。透过一扇扇落地玻璃门，可以看见桌椅杂件都已搬空，这里像荒疏之地。

　　赵雅芝突然听到了一阵音乐，仿佛凭空而来。现在她对音乐很敏感。"伤不起，真的伤不起，我想你想你想你想到昏天黑地，电话打给你，美女又在你怀里，我恨你恨你恨你到心如血滴……"又是《伤不起》。赵雅芝环顾四周，那乐声从右手边传过来。在她驻足倾听时，她还听到了隐约的说话声。

　　有人在跳广场舞？

　　赵雅芝有些好奇，循声过去，音乐是从动漫公司原先作为会议室的大开间里传出来的。

　　赵雅芝透过玻璃门，看见张彩凤和这楼里的一群清洁工大妈在跳舞。

赵雅芝差点要笑出声来。天啊，她们也利用午休时间，在练广场舞！

赵雅芝站在走廊的阴影里，屋里的人没看见她。

赵雅芝心里狂涌幽默感，看了一会儿，就明白她们才刚起步，好多人都还不会呢，连最基本的伸展手臂动作都显生硬。

张彩凤显然是其中的领舞者，但就是她也不熟悉动作，她站在最前面，频频停下来回头看着她们问：接下来怎么着，接下来怎么着？

没人知道怎么着。高矮胖瘦各不同的大妈们比划来比划去，说，不对不对，不好看，人家怎么跳得那么好看？一只小录音机放在前面的水泥地上，"……万分难过，问你为什么，难道痴情的我不够惹火……"

见姐妹们没主意，张彩凤干脆利落地果断出招，她大声招呼，看我看我！你们大家都照我做！张彩凤双手举过头顶，宛若迎接万道霞光。在她昂头举臂时，赵雅芝竟无端联想到这个清洁工去家里做钟点工，指着窗外小楼上的大钟说已经超时还需加钱。张彩凤要求加钱的口吻不带半点扭捏，就像她现在的大声招呼和昂头举臂，骨子里带着"理所当然"。赵雅芝听到张彩凤继续"调教"着清洁工们，这边这边，那边那边；前进前进，后退后退；左边摆摆，右边摆摆……

门外的赵雅芝真的要笑歪了，因为这"带头大姐"张彩凤把"忠字舞"的动作都使上了，像刘胡兰一样雄赳赳，风在吼，马在啸，伤不起啊，伤不起，在她身后，二十几位清洁工穿着统一的天蓝色工作服，依样舞动。无论哪种女子，只要被镶嵌进这样的身体动律中，就会雄赳赳气昂昂，动作滑稽而协调，荒诞又严肃。赵雅芝发现，张彩凤手忙脚乱中，既在想动作又在找节奏，更要时时刻刻领着自己的伙伴一起跳……忙乱中，显现了当年身为厂花和"毛泽东思想文艺宣传队"活跃分子的基本功，她的身体变得越来越协调，脸上的神情也愈发沉醉其间：当年宣传队里学过的舞蹈语汇穿越时空回到她的肢体记忆中，一招一式，竟有点意思了……

赵雅芝掩嘴笑着离去。

后来她坐在自己办公室里的时候，还在笑。

她环视周围，一个个同事都埋首于电脑前，她心想，这些搞时尚的，你可知道清洁工大妈正在这楼里练习广场舞吗？

广场舞

【第十四章】

她们利落地挥舞手臂，仿佛挥动拖把，壮硕的腰身飞快地侧转，蹲脚，扭胯，动作生风……而她，只要想到这些默默无闻、抹桌拖地的清洁工大妈在如此职业化、阶层感清晰的写字楼里暗自起舞，就觉得幽默。

现在赵雅芝去五楼多功能厅跳舞的时候，常会遏制不住地想象清洁工大妈们此刻也在楼下练舞。

这让她觉得幽默。但笑点到底在哪儿，又一下子说不清。反正想着那些默默无闻、抹桌拖地的清洁工大妈在如此职业化、一本正经、阶层清晰的写字楼里暗自起舞，确实有种说不出来的逗趣。可能是前者的屌丝气质与这牛B大楼形成的反差吧。

赵雅芝想，就算屌丝逆袭，呵呵。

广舞场怎么会火成这样？如果赵雅芝有充足的空余时间，就她喜欢一根筋钻研的脾气，她可能会去做一个关于"广场舞"的社会学调查。事实上，最近她看到了某本周刊敏锐地做了一期"中国大妈与广场舞"专题报道，但纷纭说法中没有哪一条点中她心里的穴位。

也可能哪有这么多社会潜意识，只不过是到这个年纪的人都想乐一下，健身一下呗。

她安慰自己累了的大脑。

这么想着，她发现自己多下了一层楼梯，走到四楼来了，并且正在向那间空置的会议室走过去。原来她心里的那个小女孩在冲着她说，要看，要看，好玩啊。

她听到了音乐，"嘻唰唰，嘻唰唰，嘻唰唰，嘻唰唰，嘻唰唰……"她们在跳。

像上一次一样，赵雅芝站在走廊的阴影里，隔着玻璃门，看见她们在跳。

天哪，居然像模像样了。

她们利落地挥舞手臂，仿佛挥动拖把，壮硕的腰身飞快地侧转、蹲脚、扭胯，动作生风。赵雅芝感觉到了类似西班牙弗拉明戈舞的力度。是的，干惯体力活的她们，在拙朴的肢体动作中，用一股力量在连贯节奏。"嘻唰唰，嘻唰唰，嘻唰唰，嘻唰唰，嘻唰唰……"呵呵，屌丝逆袭了，逆袭了。

"屌丝逆袭"这词本身就让赵雅芝感觉很逗。现在她用这词去观照眼前的这群人，这群人平日里在这楼里与你相遇时，大多低眉顺眼如同轻尘，你甚至从没仔细瞅一眼她们的眉目，而现在她们却恍入无人之境，彻底放开了手脚，像楼上那些白领女人一样，跳啊，每一张脸都红彤彤的。赵雅芝从那些脸上看到了一种类似恶作剧般的快乐。

逆袭，逆袭。绝对逆袭。

赵雅芝放声大笑。眼下，就她在这楼里的心情，所有与"颠覆"有关的东西，都适合她的情绪。

她发现自己心里的那个小女孩又跳出来了，小女孩也在放声大笑，笑这大楼端着的牛B样子，跳吧。这一刻她超喜欢她们的屌丝气质。

张彩凤们看见了赵雅芝，因为她的大笑。

她们停下舞蹈，窘得几乎逃窜。

赵雅芝比她们逃窜得更快，因为她知道自己把她们拉出了舞境。她向她们挥挥手说，蛮好，蛮好，转身往楼上走。

如果这一天全由这样的逗乐花絮组成，那也算是心情好过的一天。

但生活显然不是轻飘的花絮。赵雅芝回到办公室的时候，安安拿着一份文案和一张用户意见反馈表，走到赵雅芝的桌前，告诉她搞错了一个热线电话数字，结果客户没接到一个电话，拒绝付钱。安安请赵雅芝去解决。

赵雅芝盯着那张文案，心想，这是怎么了，这明明是同事方纯搞错了啊，这是他接的项目，这电话号码也是由他与客户对接后拿过来的。

安安好像看到了赵雅芝心里在想什么，就说出来了：方纯是你这一组的，你有直接责任哪。

赵雅芝站起来，对安安说，方纯现在不是归你管吗，怎么又归我领导了呢？如果我有直接责任，那我还不是归你管吗，那你不也有直接责任吗？

对于这类追责问题，赵雅芝以前很少腻歪，她是这屋子里的资深大牌，帮别人担责她一向都无所谓，压根儿无所谓，但现在她不乐意了，你安安不是领导了吗，凭什么一出状况，就推到我这边？

安安笑道，我可没说我没责任，我当然有直接责任，但处理意见需要明晰一层层的工作把关流程和职责。

赵雅芝说，什么流程，不是还有人盼着我走吗？在这种状态下，我能够把住自己的关已经不容易了。

安安锐利地看了她一眼，大声说，你不是还在这里吗，你不是还是副总监吗，你既然还在这个位子上，当然得承担你的职责。

办公室里许多双耳朵竖着在听，赵雅芝脸色铁青地往外走。

虽然安安在管理上缺乏经验，但今天她原本可没想惹赵雅芝生气。赵雅芝的脸色让她不安，她脱口而出：你去哪儿？

赵雅芝说，我跳舞，我排练。

赵雅芝确实要到五楼多功能厅去。工会主席陈芳菲通知舞蹈小组成员今天下午四点钟加练一小时，因为区长下周将来公司考察企业文化建设，可能需要舞蹈小组作个秀。

现在才三点多，赵雅芝急匆匆地往楼下走，她需要离开座位，出去透口气。

被赵雅芝蓦然丢在身后的安安，半晌没反应过来。

人和人之间的关系，有时就那么微妙：你虎视眈眈盯着对方，对方的存在感立马变得清晰而强壮；你视而不见怠慢着对方，对方的存在感旋即化为乌有。所以，任何时候任何地方，"对视"是种种"对阵"的发端与归结。而且，往往是那样，在需要"对视"的时候，先走的那方，通常是赢家。这回，赵雅芝先行一步。

陈芳菲等舞友到多功能厅的时候，看见赵雅芝已独自在练了。

她们笑道，呵，赵老师，你太认真了。

赵雅芝说，这里透气。

她们可不知道刚才她遇到了什么事，所以没明白她在说啥。七个人赶紧排好队，一起随音乐舞起来。

这儿透气。对赵雅芝来说，这是她的真感受。她的感受还来自这老姐们几个，以前彼此也未必对得上眼，成了舞搭子后，居然体会到了眼熟和亲切，在这楼里，她们是相似的一群。七个女人，跳吧跳吧，跳得那么齐心，脸色红润起来，汗气蒸腾上来，像她们当年下乡插队、返城考大学时一样意气风发了，把焦虑都跳没影儿了，甚至跳出了舞台中央的感觉，如果楼上那些80后、90后的丫头片子们看到她们这样子，一定先傻笑，然后惊晕过去。

每代人都有属于自己的生命密码。一旦彼此对上，他们看待人生的视野会发生奇妙变化。每天这里的舞蹈时光，正日益成为赵雅芝在这楼里的安慰和依恋。好吧，先别想别的，跟着老姐们跳吧。她知道，如今周末她们中的几位还彼此为子女牵线当红娘，甚至为再下一代介绍辅导班老师，更别说平日在食堂帮着打饭菜、业务上某个小忙能帮则帮。比如她们中间有位老姐不会做PPT，赵雅芝主动帮教，还告诉这老姐，这个年代过时是常态，所以能学赶紧学，能多学赶紧多学，否则真的跟不上了。

是的，在这个像上紧发条飞速旋转怎么也停不下来的奇怪时代，个体与个体的差异，代与代的更替，让人都反应不过来了。比如，对于刚才安安说的话，赵雅芝心里也未必不认理，但不知怎么搞的，就是哪儿都对不上眼，不同代的女人是天敌，同代的也只有到集体落幕时分，才会以诸如"广场舞"之类，表达天涯相似人的共同存在感吧？

音乐在往上飞扬，赵雅芝随音乐胡思乱想着，就有些想笑。

这天下午她们练到了六点钟，超出一小时。赵雅芝满头大汗往洗手间走，想先洗一把脸，然后回家。

她看见张彩凤正拎着水桶从洗手间里出来。张彩凤冲她笑，低声说，赵老师，我们也在跳舞，看你们在跳，我们不少人也想学，你别笑话，你看我们跳得还行吗？

赵雅芝知道她指的是中午时自己在四楼看她们练舞的事。

赵雅芝说，可以，像红色娘子军。

赵雅芝声音很大。

张彩凤吓了一跳，向空中压了一下手掌，意思是"嘘，轻点"。

赵雅芝没继续说话，她走进了洗手间。

"嘘，轻点"？轻点是没有用的。

因为还是有人听到了动静。

有人向公司有关管理部门反映：有人在四楼办公室里跳舞，音乐都飘到楼上来了，影响大家午间休息，跳舞的居然是清洁工，那些老娘们儿。

这事是谁反映到公司管理层的？不知道。

但把态度表达到强总那边去的是安安。安安说，实在受不了，这楼都被她们跳出了酱油分分的味道，我们还搞什么先锋创意产业啊，太土，太农民。

很文艺的安安就是这样的人，对于土气，眼睛里揉不得沙子。

跳出了酱油分分的味道？赵雅芝虽然对安安的态度绝不认同（不就是跳舞健身吗，让人家跳跳又怎么了），但对她这比喻还是惊叹不已。天哪，虽刻薄，但准确犀利，"跳出了酱油分分的味道"。

赵雅芝的敏感也由此而生，这不会是还有所指吧，我们不也在练舞吗，我们舞蹈小组也在跳啊，是嫌我们老姐几个跳广场舞，又不好意思说出口，就拿清洁工大妈说事吧，反正都是酱油分分。是不是酱油分分，你去问你妈你姨。嫌我们土？我也没看出你去巴黎混的潜质。"跳出了酱油分分的味道"，你怎么没说跳出了亡国亡企的味道呢？

话虽这么说，但赵雅芝心里还是受了暗示，这广场舞俗是俗了点。所以，安安的比喻就比喻本身而言，是犀利的。

不管赵雅芝怎么心理活动，总务部总管老严找了张彩凤她们，告诉她们不许跳舞了。

一群大妈像被人窥到了私密，个个脸红耳赤，没人敢问为什么。但其实她们心里是不服气的，因为中午时五楼多功能厅里不也是有人在跳舞吗？空着的地方空着也是白空着，我们是最识相的，音乐是放到最轻声的，至少比五楼的音乐轻。这还不让跳，这不是看不起我们吗？

但她们不敢反问老严。

她们就停了两天，到第三天，她们心里的不服气在蒸腾，尤其当她们听着从五楼多功能厅传来的音乐声。

事实上，不服气是一方面，另一方面是她们与赵雅芝赵雅兰一样，到这个时间点上，对跳舞也有了念想。天哪，这要人命的广场舞。

到第五天的时候，张彩凤说，五楼多功能厅超大，要不咱们看看去。

那些大妈知道她说的是什么意思，她们犹豫着。当然她们最后还是跟着张彩凤上去了。

她们悄悄来到五楼多功能厅门口，她们凑着门缝往里面看。"暖暖的午后闪过一片片粉红的衣裳，谁也载不走那扇古老的窗，玲珑少年在岸上守候一生的时光，为何没能做个你盼望的新娘……"她们看见赵雅芝们伸着的手臂像柳枝一样摇摆，那么斯文、优美。

正这么看着，陈芳菲探出头来。她说，我们在跳舞，你们等我们跳完后再搞卫生吧，以后每天在我们跳之前拖一下地。

张彩凤们点头。但她们没走。

你们有事吗？陈芳菲问。

张彩凤向她讨好地笑着，轻声问，我们也能跳吗？

陈芳菲愣了一下，然后轻扬眉毛，说，你们？

嗯。张彩凤指着偌大场地的后半块区域，满怀期望地盯着工会主席的眼睛，小声说，我们在后面，行不行？

陈芳菲的眼睛在躲闪，但头在快速地摇。她说，不行的。这时另外几位知识女性也探出头来，说，这是我们的团队活动，你们另外找地方吧。

赵雅芝也走过来了，她听到她们在商量什么了。她心里同样一愣：她们想和我们一起跳，她们居然想和我们一起跳。这想法好像让她觉得不可思议。但她看到了张彩凤投向自己的求援眼神，那般温婉低声下气，像一个小媳妇在威严十足的婆婆面前小心翼翼地提要求。

赵雅芝想，不就是跳个舞吗。

于是赵雅芝对陈芳菲说，不就是跳个舞吗，一起就一起呗。

陈芳菲和其他几位好像被赵雅芝这话惊到云雾里去了，她们冲着赵雅芝"哟"了一声，说，不行不行，气场不一样，太不一样了，再说，年底我们还要参赛呢。

然后她们一起对门口的女工们说，不行，我们要参加比赛的，要加紧练习呢，你们另外找地方吧。

张彩凤她们就离开了。一声不吭地离开了，像一排蓝色的鱼儿，往楼下去。张彩凤回过头来安慰姐妹们：好在是跳舞，又能有多少成本啊，不让咱进多功能厅，那咱就自己找地方。

广场舞

【第十五章】

这些年她早已认了尊卑，但今天不同，因为舞蹈，她突然变得对此耿耿于怀了，在她眼里，也就是跳跳舞的玩儿事，想不到其中的沟壑竟也如此纵深。这让她憋闷、沮丧。

话虽这么说，但心里的屈辱还是实打实的。

虽然张彩凤也明白，地盘的事，即使在街头，几支广场舞队都有一番争夺，但今天自己和姐妹们的被拒，显然与舞技高低、先来后到无关，而只关涉阶层的高低。

屈辱也由此而来。

张彩凤又不是小孩，对于阶层的感受也不会是今天才有，在这楼里，她不会不知天高地厚到找不着自己的北，她不需要这份敏感，或者说她早已认了尊卑，否则这几年这份扫地擦桌的活儿还怎么做啊。但今天不同，因为舞蹈，她突然变得对此耿耿于怀了，在她眼里，也就是跳跳舞的玩儿事，那场地又是那么大，想不到这沟壑竟也如此纵深。这让她憋闷、沮丧。

这种感觉今天对她尤其不利，因为晚上她要去给女儿韩丹过生日。

下班前，她在工作间里把自己稍稍收拾了一下，然后打开上了锁的工作专用柜，从里面小心翼翼拿出一只大大的无纺布袋。她拉开布袋上的双向抽绳，低头端详里面那只包包。那是赵雅芝托妹妹帮她从香港带回来的名牌包包，夕阳透过工作间的窗户照进来，投在包包的咖啡色、暗红色、深藏青格子上，宛若被涂了一层金色，这使它显得愈发贵重了。张彩凤系紧抽绳，把包包背在肩上，匆匆赶到十七路公交车站。

第一辆车人太多。张彩凤犹豫着没上去。她生怕人多挤坏了包包。尽管心里急着去见女儿，但她还是连等了三趟车，终于等来了一辆人少的，这才放心地跨上去。

最近这一两年，每逢女儿生日，她都万分纠结。在哪儿与女儿相聚？到自己家，到老韩家，还是在外面找地方？

她心里是多么希望母女俩能独处一个空间，哪怕独处一个小时，谈谈心，吃点好东西。自己家太小，并且老何晚上也总在家，她怕女儿不自在。去老韩家，自己会坐立不安，这毕竟是前夫的家。到外面找个地方，那么去哪儿呢？以前女儿小的时候，随便找个快餐厅、儿童公园、少年宫都行，孩子小，大人小孩都不会在意环境，老韩把女儿带来，自己先走了，母女俩相互拥抱，相互瞅着，然后喝点饮料，吃个汉堡，吃块蛋糕，随后送女儿回家，在老韩家楼下看着她走进单元门……后来韩丹上大学了，因为在外地读医学院，生日也就不过了，寄点钱过去，好几百块，对张彩凤来说不算少了，但想着跟她父亲出的学费生活费相比，又是很少很少，张彩凤心里有无力的疼痛感。去年韩丹毕业回来工作，已是亭亭玉立的大姑娘了，这生日去哪儿过，怎么过，怎么相聚？这让张彩凤犯难。

犯难，主要是因为没钱。张彩凤路过那些时尚餐厅、那些星级酒店时，也想象过和女儿走进去吃个饭，但她不知道那里到底需要多少消费，心里有怯，另一方面，也是更致命的方面，那就是她觉得自己走进去不像，而女儿像，也就是说，在她张彩凤的感觉中，自己和女儿如今坐不到一起去了，在那样富丽堂皇的地方。

在那样的地方，适合自己的形象不是坐在西餐桌前让烛光照耀着脸庞，而是拎着水桶，无声无息地搞卫生。

这样的想象让她怯场，并且屈辱。阶层感居然横在了自己和女儿之间，这让她心碎。

张彩凤想，可能女儿像她这个年纪的许多女孩子一样，也幻想这么优雅地过生日，也可能女儿的不少同学就是这样过生日的，也可能女儿虽期望这样的浪漫情调，但又明白自己和老妈坐在这么高级的地方彼此间不搭调，所以这样的地方只能跟爸爸去……

这些充满暗示的想法，其实不是张彩凤平日里的思维风格，但因为事关宝贝女儿，所以她就罕见地多愁善感着，脑袋里也混乱成一团。所以去年女儿生日那天，她想不好，就跑到儿童医院门口，给女儿打了一个电话，撒谎说晚上公司需要她加班搞卫生，只好提前过来送礼物。于是母女俩在医院门外的报刊栏前相见。穿着白大褂的女儿真好看，好看得让张彩凤心疼。张彩凤把亲手熬好的核桃芝麻阿胶糕和手工编织长围巾递给女儿时，她看到女儿有些局促，看得出这样的相见让女儿有些心乱。她俩很快分手。女儿发现了围巾里的红包，追上来，不由分说还给妈妈。女儿说不要，我都工作了。张彩凤和女儿拼命推让。女儿的懂事让她忍不住想哭。她嘟哝不多不多，妈妈的一点心意。女儿当然知道清洁工妈妈的收入状况，就安慰妈妈，没见谁到这个年纪还拿大人红包的。张彩凤心一急，说，你和他们不一样。女儿当然知道妈在说什么，就收下了，说了声病人还等着呢，转身往医院走。走到门口，回头向妈妈挥了挥手里装着阿胶的罐子和围巾……

从"阅读理想"文化传媒公司到韩丹工作的省儿童医院其实有十二站路，还是蛮远的。因为东想西想，张彩凤发现这一路变得不太漫长。

张彩凤站在医院门外的报刊栏前给女儿打了个电话，说妈妈来了，在外面等你。

韩丹出来了，今天她没穿白大褂。张彩凤迎过去，慌手慌脚地把手里的大无纺布袋递过去，拉着女儿的胳膊，说，丹丹，让妈妈好好看看，哦，瘦了，太瘦了，要多吃点。

丹丹接过布袋，知道是妈妈给的礼物。她问妈妈，今天晚上你还回公司搞卫生吗？

张彩凤脸上有一丝凌乱，她告诉女儿虽然不搞卫生，但也想早点回家，宝贝的生日妈妈每天都记在心里，但像妈妈这样层次的，也不知道该怎么给女儿办生日才对，心里想着像宝贝这么好看的女孩子总是有很多男孩子喜欢的，可能今天晚上你更需要和他们一起过生日，交朋友，妈妈就不抢这个时间了。

韩丹脸红了，说，妈妈，哪有啊，还没有呢。

张彩凤宠爱地看着她，笑道，那要抓紧。

韩丹指着对面的"风荷"泰式火锅餐厅，说，妈妈，我们要不一起吃个饭吧。

张彩凤回头看了一眼那个餐厅，有些犹豫。韩丹的眼睛里充满着期待。张彩凤就点头说，好啊，好啊。张彩凤不了解那里的消费水准，但今天她过来的时候有意在钱包里多放了五百块钱，心想万一女儿提出来一起吃饭呢。

张彩凤和女儿韩丹坐在泰式火锅餐厅二楼。

这里不是张彩凤想象的令人生畏的场所，但还不错，紫色沙发，黑色石质餐桌，不同餐区之间有藕色纱幔隔断，营造了半私密的空间。装饰虽精致，但因为是火锅，人人忙着自助，估计没人张望谁和谁搭不搭调，相反，在一片热气腾腾中，谁和谁都挺搭调。雅致餐厅里，弥散着寻常人生的烟火气息。

火锅蒸腾着浓郁的咖喱芬芳。张彩凤看着韩丹点菜，取调料。她怎么也看不够这个宝贝女儿。她还环顾四周，心想，我怎么不知道这样的地方，不知道这样适合我和女儿待的地方。韩丹劝妈妈吃啊，是不是不喜欢咖喱味？张彩凤说，妈妈吃东西很随便的，什么都习惯，这个很香很好吃。她看着被蒸气和灯光萦绕着的女儿，女儿的脸看起来是那么青春那么优雅，没有一点像是清洁工的女儿，像个出生在好人家的高素质女孩，她甚至觉得女儿与赵雅芝有点相像。到底像在哪里，她又说不清了。反正有文化的人都这样，眉毛总是清清爽爽，眼神总是似笑非笑，嘴角总是微微往上，说话总是声音低低，哪怕她们很严肃的时候也有一种很特别的精气神，那种精气神在她看来就是始终离你不近不远，让你始终保持着探究的好奇心。

落地窗外是霓虹灿烂的街头。张彩凤窝在沙发座里，庆幸这个地方热气氤氲，没人觉察她与宝贝的"不搭"，但她又是多么希望宝贝与自己不搭啊，是的，如果搭了，那自己可不会像现在这样笑了。张彩凤看着女儿，像看着窗外城市夜晚璀璨的天际线。其实从韩丹读小学起，她就在远处悄悄打量她。她在长大，越来越好，在质感上与自己的处境越来越远，自己该放心了，这么说，还得感谢韩霆振这些年来对宝贝的培养，他培养了个好女孩。张彩凤的眼泪在涌出来，她装作是被火锅热气熏出来的，她揉着眼睛说，吃不下了，吃太饱了。

韩丹这才想起来该看看妈妈给的礼物了。她拿过搁在旁边的那个布袋，打开，里面还有一个丝绒袋，再打开，她就叫唤了一声，哦，妈妈。

一只新款GUCCI女包。韩丹吃惊地看着妈妈，说，你怎么买这个，太贵了。

她知道妈妈要打扫无数间房间，擦无数块地板，才能买下这个

GUCCI。她对着妈妈摇头。妈妈轻抚她的手背，宽慰道，也就这一次，妈妈也得给你些好东西，留得住的东西，好好用吧，想着妈妈，好不好？

韩丹点头。有些许伤感的因子在面前火锅的水汽中涌动。再过一个小时，她们就将从店门出去，分手各自回家。这是难得的一天。张彩凤想，得赶紧高兴，这是宝贝的生日。她转移话题，问爸爸可好，爸爸也不容易。

韩丹笑了笑，讲了一些老韩的近况，然后瞅着妈妈说，我现在就想着把他"嫁"出去，否则我就无法嫁出去，因为我只要想到如果我嫁出去了以后，他一个人待在家里，就会坐立不安的，所以得给他找到下家。

张彩凤笑道，他现在条件好，应该不成问题的。

韩丹就说到了赵雅芝。张彩凤一愣，不知怎么回事，感觉有些别扭，怪怪的。

这是一瞬间的感觉，很正常，人生的缠绕感让人恍惚，那些失去的时间、执拗和意义到底是怎么回事呀？女儿韩丹在说赵阿姨的儿子赵悦也是个奇葩。张彩凤在迅速地掠过自己的感受，然后想通，是啊，关我什么事呢，那是人家的事了。她看着像花朵一样成长的女儿，觉得老韩确实也不容易，如果与赵老师能成，也是好的，当然，他哪怕成了国家领导人，好像还是配不上赵雅芝。

从落地玻璃窗望下去，"风荷"餐厅门前的空地上，有一支队伍在跳广场舞。张彩凤指着那些扭动的身影，告诉韩丹，妈妈最近也在跳。

韩丹问，在哪儿跳？

张彩凤说，原先在单位的空地，现在要换个地方。

她们聊到了八点半，决定离开回家。张彩凤跟女儿抢起了账单。张彩凤虽然将单子抢到了手里，而女儿沉静地说，你又没什么钱，我已经工作了，就让我埋单吧，你已经花钱买了这么贵重的包了，而我第一次给妈妈埋单。

张彩凤再一次感觉女儿的气质像极了赵雅芝，文雅，沉着，说话有条有理。

张彩凤把单子交还给了女儿。趁女儿去付钱的这一刻，她再次环顾餐厅，再次看楼下跳舞的人，她心里是那么快乐，今天和女儿在这里相聚真是选对了地方，今天和女儿这样过生日也是对的，这就像跳广场舞，如果找对了地儿，融进去，就没人区别你和他人了，就手脚有地方放了，就快乐了，至于什么叫找对了地儿，这很难说，机缘巧合，就像人与人的相逢相知，差一点时机都对不上号。

广场舞

【第十六章】

如果生活能像跳舞一样转场，那么许多纠结就会像疾风一样轻易掠过。但生活显然不是跳舞，生活固执的逻辑会穿透那舞蹈的旋律，捎来悲喜，让你无法移情。

总务部的老严一辈子谨慎，是个处处怕多事的人。

　　有天中午，他从楼上检查完空调管道下来，到五楼的时候，突然看见几个身穿蓝色工作服的清洁工在走廊那头探头探脑，一晃眼，踪影全无。结果他误会了，以为这些不死心的清洁工们还在打那个场地的主意，趁舞蹈小组没来前，先在这里玩。

　　照着老严这样的思路一想，那些清洁工岂非什么时候都可以来这儿跳，只要将时间与舞蹈小组错开就行，因为清洁工有各个楼层的门禁卡。这么想着，老严就觉得有些不舒服了。他迅速走进多功能厅，环顾一圈。这阵子公司一直没在这儿开大会，所以舞蹈小组把她们的练功服、跳舞鞋、音乐带都放在这里。他还特意看了下音响，昂贵的音响可不能让那些粗手脚的娘们儿随便动。

　　我们说过老严是个怕多事的人。他的小心谨慎由此而来。从多功能厅出来，他随即就进了技术部，让技术部的小伙子修改了五楼门禁卡的密码。小伙子随口问道，那要不要给清洁工换卡？否则她们没法进去搞卫生了。

　　这事儿你就不用多管了，总务部有统一安排。老严说。于是小伙子也就懒得深究。

老严这样做是有他自己思考问题的逻辑的。他认为，最近又不开会，五楼的卫生，一周打扫一次，足够干净。过了这一阵，等那些清洁工娘们儿断了跳舞的念想，再把五楼的门禁卡密码改回来。

张彩凤们迅速感觉到了这种警觉，因为五楼门打不开了，因为她们无法进去搞卫生了。

她们也不知道是谁搞的，但她们知道这是什么缘由。呵，把我们当成什么了？

现在，在她们眼里，这楼、这墙、这天花板，是那么冰冷。她们冷笑道，不让进就不进，不搞卫生就不搞，难不成卫生间也不要我们搞卫生了？！

这催燃着张彩凤心里的火气，原本确实想跳舞，但也未必强烈到马上要去找地方跳的程度，但现在，想到不知藏在这楼里哪个角落的小心眼和鄙视眼色，这跳舞就变成了必须，立刻，马上，变成了倔劲儿。

有姐妹说，门前不是有绿地小广场吗？

另一个白了她一眼，说，天哪，你还打那儿的主意？！你看不看报纸的？那块地，报上都在争论呢，咱公司不让外面的人跳，还会让我们跳？

张彩凤心里的火苗急剧地摇晃了一下，她哈哈笑道，我们就在绿地小广场上试一下吧，我们可以早上去跳，反正我们平时上班就早，大家争取再早一点过来，六点钟到，跳一个小时，七点上班。

她说，我知道绿地小广场现在每天晚上有保安把守，但一大早，是没人拦的，谁一大早来这儿跳广场舞呀。

第二天一早，二十来个清洁工大妈比平时早了半小时来公司，她们站在绿地小广场上，跳《嘻唰唰》《套马杆》……那感觉真的是不要太好哦，迎着太阳，迎着新一天，迎着比室内开阔得多的视野，尤其还迎着街人的目光，她们放松地扭起来，放松地前进后退，左摇右摆。室外毕竟是室外啊，要不然，为什么叫广场舞呢。她们跳啊跳，脸上的神采像早晨雾霾还没上来的天空。呵，早先怎么没这脑子呢？还苦兮兮地求他们什么多功能厅啊！七点钟一到，她们解散，各自散落回写字楼的各个楼层，开始她们的本职工作。

她们就这样连跳了三天。第四天早晨，音乐刚放起，就有人过来了，是公司的保安，他们说，这里早上也是不可以跳舞的。

张彩凤们这次没那么老实，她们反问：为什么这里也不能跳？谁的规定？有这样的规定吗？在这里跳舞犯法了？

保安哪有什么规定，他们只不过是听从老严的指挥。

保安说，犯不犯法不知道，我们知道的就是你们不能在这里跳！

老娘偏要跳，舞照跳！

张彩凤们毫不示弱地说。保安被她们吓了一跳。这是怎么了？更年期集体发作症？

反正，不管几个保安如何阻拦，张彩凤们继续跳着舞着……

这事自然被公司管理层知道了。

强总怒气冲冲，对老严说，你怎么连几个大妈都管不牢？

他生气地拍了桌子，老严唯唯诺诺。强总说，有病，你说是不是有病，绿地小广场已经成了媒体的焦点，说我们不肯给公众留下一块跳舞的地方，我硬着头皮扛了这么多天，现在你们倒好，自己先跳起来了，这不是重新把话题引出来吗，这不是有病吗？你还嫌我不够烦是不是？！

老严很少看到强总如此愤愤然，他知道自己惹了祸，但他天生是个不肯扛事的主。所以，一开口，自然就把责任通通推到张彩凤们头上。他嘟哝，那些大妈也不知中什么邪了，那么想跳舞。是有病！

强总叱喝道：严主管，我没问你大妈们为什么跳舞会有瘾头！我问你的是，身为总务部主管，你怎么就没有办法把几个清洁工管服帖了？

老严六神无主，说，我也不知道她们怎么了？我像防贼一样防她们跳舞……

强总说，算了，我也不指望你从这门出去就变成了会扛事的主管。既然你管不了，那就扣她们的钱。

老严推推鼻梁上的眼镜架，一脸附和，说，扣钱，扣钱。

结果，包括张彩凤在内的清洁工们，每人当月的奖金被扣了二十块钱。

愤怒。

愤怒像风一样，席卷了跳舞大妈们的心。

倔强也在心里脱颖而出。

张彩凤们说，有什么了不起的，我们就到对面中国银行门前的空地上去跳。

于是每天早上六点，她们就从家里来到了中国银行门前。这块场地每天傍晚时分十分抢手，但早晨时光，没什么人影。"阅读理想"文化传媒公司的清洁工们就在这里开练。

"给我一片蓝天，一轮初升的太阳，给我一片绿草，绵延向远方，给我一只雄鹰，一个威武的汉子，给我一个套马杆，攥在他手上……"

如果生活能像跳舞一样转场，那么许多纠结就会像疾风一样轻易掠过。但生活显然不是跳舞，生活固执的逻辑会穿透那舞蹈的旋律，捎来悲喜，让你无法移情。

上城区黄区长考察"阅读理想"文化传媒公司是在星期四的下午，一个没有大风，没有大雨，没有骄阳，没有雾霾的再寻常不过的工作日。

黄区长身材高大威猛，一路朗声而笑，由强总、安安等陪同，参观了公司的资料室、多媒体室、动画制作室……然后来到四楼，在健身房试了一下跑步机，在乒乓室打了一下球，由于对练的小伙子水平了得，区长在这儿多花了一点时间，结果就没时间看舞蹈小组的节目了。

工会主席陈芳菲是多么失望啊。确实没时间了，因为接下来，公司全体员工得到五楼多功能厅听区长作"关于加强企业文化建设"的报告。记者们都来了，这次考察，最后的成果得体现在这场报告和媒体的新闻报道上。这年头媒体宣传比什么都重要。这一点谁都能理解。陈芳菲和老严尤其理解，因为这乒乓室、健身房都是连夜突击搞起来的。

黄区长没时间看舞蹈，陈芳菲觉得遗憾，而被死活拖来不准请假的赵雅芝则大大松了一口气。陈芳菲央求她，强总希望我们老姐们的舞蹈表演能得到区长的首肯，区长重视了，这是公司多大的资源啊！而我们舞蹈小组如果能得到区长的一句夸奖，那不就可以争取到公司更多的扶持吗，你不是觉得现在的服装不够上档次，重做要花钱呀……赵雅芝被陈主席央求烦了，只好勉强来了，但心里觉得这秀作得太别扭了！自己跳着玩还行，这把年纪了还要跳给领导看，太荒唐啦！

而事实上，即使有时间跳，这个下午最别扭的也不会是她赵雅芝，而是黄区长本人，以及公司众多想上厕所的人。

黄区长的发言实在太长，整整讲了三个小时，讲到窗外天都黑了，开始大家安静而坐，渐渐地，上洗手间去的人就多了起来，再然后，恐怖的事发生了，因为走进洗手间的人，突然发现隔间里的纸盒中没纸，没一张手纸；不仅没手纸，连洗手液、擦手纸通通没有；不仅洗手液、擦手纸通通没有，有几盏灯也不亮，有几只坐便器竟失灵……天哪，怎么回事，搞卫生的今天事先没准备？总务部事先没检查过吗？那些从卫生间出来的人，又不好意思说自己没用手纸，结果卫生间里气味汹涌。

更尴尬的是，黄区长终于讲完了。他讲完后，避开向他递过来的一双双热情的手，匆匆站起来，他先要去下卫生间，因为今天他讲得实在太久了，都忘记了时间，现在才感觉尿急，并且中午在考察单位就餐时吃了红烧肉，他这人就爱肉食，但胆囊有点问题，所以现在突然有要拉肚子的感觉。黄区长飞快地往卫生间走，强总一路引导。

才进卫生间，浓郁的气味就熏得黄区长双眉紧锁。他进了最里面的幽暗隔间，坐下，果然拉肚子，还好熬到了现在会议结束。稀里哗啦，放空。区长有放松的感觉。他把手伸向隔间壁板上的手纸盒，糟了，没纸。空盒子！区长把手伸进衣袋、裤袋，里面除了钱包、证件，没有一张可供现在之用的纸。

黄区长坐在坐便器上，按冲水开关，没有任何反应，失灵，这是什么卫生间?!区长坐在臭气涌动的空间里，看着天花板，感觉肚子又开始新一轮腹泻。怎么办？他心里恼火蹭蹭地上来。

黄区长冲着天花板，憋着嗓子喊，来人！来人！

外面强总等人候着，久久没见黄区长出来，心里纳闷。于是强总进去探望。一踏进卫生间，强总就知道情况不妙，他闻到了强烈的臭气，听见区长正憋声憋气地喊——"来人！"

区长，区长，您在哪间？强总低声呼唤，像在喊一个迷失的小朋友。他循声很快找到区长所在的位置，凑过去，对着木板门说，区长您是不舒服吗?

黄区长哼哼哈哈,没有,我需要手纸。

强总一时没反应过来,手指?什么手指?

这下黄区长有点恼了,气不打一处来,说,擦屁股的纸!贵公司的卫生间里连这个都不准备?还好意思称自己是文化公司!

啊?!强总差点被惊晕过去。他慌忙把手插进口袋,所有的口袋都被快速搜了一遍,没一张纸片。于是飞奔出去,问走廊里的人们,你们谁有纸?谁有纸?

所有的人这才明白过来为何黄区长久久不出来。

强总听到许多人都在愤怒地说,我刚才也没找到手纸!洗手液也没有!冲马桶的开关还是坏的!今天不知怎么搞的?!

最后终于从安安的小包里翻出了一包餐巾纸,于是强总赶紧亲自送进去。

站在一边的总务部老严,脸色白得像日光灯。

总务部可能是中邪了。老严说,这一次是我的错,我犯糊涂了,但事情的起因是那些娘们儿,那些娘们儿想跳舞,我怕她们与楼上的那些女的再次犯冲,所以才改了她们五楼的门禁卡号码,今天开会我忘记了这事,这是我的错,但起因是娘们儿要跳舞,不知中什么邪了,我说的是,我也中邪了,像防什么似的,防着她们跳舞,防她们在楼里跳,更防她们在楼下小广场上跳,我都要崩溃了。

强总用锐利的眼神盯着老严,他从心底可怜这个大叔,但今天此刻首先快崩溃的是强总他自己。

这也太恶心了,太丢脸了,太尴尬了。让区长丢丑丢大了,估计他一辈子都会记得这事儿。

强总说,把那些清洁工召集起来,好好反思,每人扣二百块钱。

广场舞

【第十七章】

他身后璀璨的街景映衬着他一向的优柔软弱。咖啡馆门前，有一些人在跳舞。她想宽慰他，让他高兴起来，就伸出手，拉起他的手，像开玩笑似的，随着那些跳舞的人一起，带着他转了一个圈，再一个圈……

虽然被扣了二百块钱，虽然肉痛，但这一次，张彩凤心里竟然有恶作剧般的快乐。

　　这可笑的写字楼，让你们看不起我们。

　　一张手纸，一瓶洗手液，一个坐便器，都会要人命的。张彩凤哼着歌往楼下走，外面已经夜幕降临。她穿过一楼大厅的时候，看见赵雅芝坐在沙发上，好像在等人。

　　赵雅芝也看见了她，向她挥了挥手，然后仰脸做了一个大笑的动作。张彩凤知道这意思。

　　赵雅芝今天在这儿等的是老韩。下午黄区长开会的时候，老韩给她发短信，约她今晚看演出，说有两张票，超好的演出，内容嘛，先保密。

　　他这书生装得像个少年人，不像呀。她回：再说，这会儿忙着。

　　上个星期，赵雅芝已婉拒了韩霆振的一次约会，观看汪峰演唱会。当时她说，省省吧，我都这年纪了，和那些小孩混在一起，还以为我追星呢，老韩，以后你自己去看这些演出吧，我一天班上下来，晚上的时间就想一个人在家里歇歇。

她在婉拒的时候，眼前晃动着他女儿韩丹、他前妻张彩凤以及自己儿子赵悦的脸。于是，她像吹灭小火苗一样，用客气的冷淡，吹灭他不切实际的念头。

她想，我有什么好的，都这把年纪了，每天为自己的事都快烦死了。

所以今天下午老韩短信约她时，她没想去。但刚才下班前十分钟，工作上的事又惹了她的不快。其实她最近依然不顺，除了"立体杂志"创意被搁置，刚才安安突然告诉她"丝绸梦园"文创项目设计图，准备交给方纯他们去做，公司想试一下年轻一点的感觉。

切，赵雅芝心想，这不是变着法子挤对我老了思维迟钝了吗，我和百帛公司合作了多少年啊，要不是我尽心尽力，他们早换合作单位了。

她坐在桌前生气。她突然想到今天下午清洁工们的恶搞，心里也他奶奶的真希望来那么一场。这时老韩又来电话了。

今天老韩有些执着。他揭秘今晚的演出是荷兰现代芭蕾。

他有点笨手笨脚。他的声音里有些紧张，这让她突然怜悯。

芭蕾当然是她很动心的。更让她心软的其实是她自己的状态，她害怕现在心烦意乱地回家会孤枕无眠。

于是她答应去看。当然喽，对于他的意思，她也正在从觉得可笑向觉得心烦过渡。

她想今晚就去看一下吧，今晚找机会得告诉他，让他赶紧打消主意吧，这也算对得起他，没害他。

演出很精彩。演出结束后，老韩送她到小区门口，她有点迟疑不决地邀请他到小区对面的"两岸咖啡"坐坐。看得出老韩喜出望外。

他们聊了一会儿刚才的芭蕾，聊了以前的老同学，怀了怀校园生活的旧，他好像开玩笑，说他那些年对她的朝思暮想，嗨，不知你那时知不知道，学校放电影，我坐在后面，一直盯着你的背影。

赵雅芝没笑，她端起杯子，又放下，说，你觉得我好，那是因为没有得到，才觉得好。

他笑着，眼角周围堆起了一条条放射状的皱痕，显得有点天真。他说，得到了是不是也觉得好，那得先得到才能判断。

他说这类话总是生硬。是老实人。赵雅芝想，自己也不是有风情的女人，干吗嫌他呆气。她接着在心里笑自己，关我什么事啊。

于是她轻轻摇头，说，知道知道，你的想法，我怎么会不知道呢，我现在对你所谓的想法，一是怕麻烦，儿儿女女，想法多多呢，想得比我还多呢；二是没有这个心态，一个人没有这个心态的时候，什么都不对，什么频率都不对。

她终于又说到了她在单位的郁闷。

哪想到他居然说自己其实也烦闷，呵，单位哪有不复杂的，自己也想早点退下来，给自己一个长假，平时压力太大。

他说，有些东西必须放下，才可以开始自己的下半场。每个人的生活，上半场大都是给了别人，那么下半场就该给自己，去追寻自己心里的需求吧。

这句话，够他这个副厅长的水平。

她呵呵笑了。她说，我的下半场，就是一个人在家待待吧，这样儿子或者像你女儿这样的，才不会想多。

老韩笑笑，他知道她的脾气，这么多年了，要改变一个人基本不可能。

他们站起来，往咖啡馆门外走，从他的背影看得出他对这一晚的失望。

赵雅芝发现了这一点，这使她对自己有些无法原谅，虽然对他说明白是对的，但让他今晚难过，这就是自己的不对，他原本带着高兴而来，也可能像她自己一样，在今晚想寻找解脱和安慰，他陪她打发了这一个原本纠结的夜晚，但自己却把他留在了失望中。赵雅芝面对车辆疾驶的马路，发现每个人都是那么脆弱和可怜。

她站住脚，转脸看着他，他向她点头。他身后璀璨的街景映衬着他一向的优柔软弱。在他们身旁的咖啡馆门前，有一些人在跳舞，这城市是不是哪里都在跳广场舞。她想宽慰他一下，让他高兴起来，她说，真的不好意思，让你失望了。她伸出手，拉起他的手，像开玩笑似的，随着那些跳舞的人一起，带着他转了一个圈，再一个圈，然后，向他迈出步子，再后退，就像大学时跳的集体舞。他对她宽厚地笑了，音乐在响，他突然情绪强烈起来，伸开手臂拥抱了她一下。这使她乱了舞步。有没搞错呀。趁这个间隙，她感觉他飞快地亲了自己脸颊一下。身边的人都在跳舞，"相恋的失恋的请跟我来，一边跳一边向快乐崇拜，开心不开心的都跟我来，美丽而神圣的时光不等待……"

广场舞

【第十八章】

如果不是她的拖把在地板上的滑动越来越有节奏感，他一定忘记了屋子里还有一个陌生人。但现在那拖把，让他感觉到了它在节奏上跟自己的音乐在互动。

星期天，张彩凤来赵雅芝家做家务。赵雅芝不在家，来开门的是赵悦。

　　张彩凤以前没见过赵悦。现在她一眼就知道他是赵老师的儿子。这是个清秀的大男孩，半长头发，眉目间流溢神采。

　　赵悦说，我妈去图书馆了。然后他就自顾自地坐在钢琴前琢磨他的谱子。他可不知道这钟点工是妈妈单位里的，更不知道她女儿就是那个好看的儿科医生韩丹。

　　音乐在房间里流动。弹着弹着，赵悦意识到钟点工在注视自己，就扭头看了她一眼。

　　张彩凤对他笑笑，说，我干活会不会吵到你？

　　钢琴上划过一串爬音。赵悦看看张彩凤手中的拖把，说，不会。你干你的。

　　赵悦最近的心思全在"动漫节"开幕式晚会的配乐上，包括那首主题歌。

　　主题歌其实已经完成，但他估计它无法传唱。这些年，他在专业里打拼，写了一大堆东西，但就是没有一首红起来。有几首歌和器乐作品，他觉得很棒，但居然没人能听出它们的不同凡响。现实就这么铁板一张，没有传唱度，在这个新媒体时代就等同于零。而大学班上的老同学，有几个已经走红了，但他还在爬行。于是他这两年心情其实是郁闷和焦虑的，虽然他觉得自己行，但他知道这样下去，没人会觉得他行。

于是他更加努力，在这一点上他与他妈一样。他拼命写，越写越多，而脑袋里好像越凌乱。他知道这样不妥，他在心里祈望，无论通俗还是高雅，赶紧红一首起来吧，否则怎么办呢。

是的，赶紧红一首吧，这样后面的路会因这认知度而好走得多。

今天他从自己的音乐工作室回家来，是来拿一本以前的习作谱子，印象中有一段蛮适合"动漫节"的，另外，他还有一件事要跟妈妈谈谈。

赵雅芝没想到赵悦今天会回来，之前她已答应了在省图书馆工作的老同学燕红，这个星期天去那儿为"市民讲堂"开个有关艺术设计欣赏的讲座。她正准备出门，与开门进来的儿子撞了个正着。

她匆匆交代了几句，说，有个钟点工等会儿要过来搞卫生，你让她自己干吧。

见儿子好像有什么事欲言又止，她问，有什么事？

儿子轻舒了一口气，说，等你回来再说吧。

其实赵悦要和妈妈谈的是老韩。那天晚上，他骑车经过小区门前的马路时，看到了妈妈和老韩在跳舞。

他为这事憋闷了好几天，发现还是没法消化。也可能是因为和妈妈相依为命几十年，他无法忍受有那么个男人要进入自己的家；也可能是因为与那个儿科医生斗过嘴，他对这事不依他自己的思路走向而感到委屈。反正他不喜欢妈妈嫁人，都几岁了，这么过不是挺好吗，她这么倔，强势，嫁谁谁倒霉。

他今天要问妈妈是不是真的有这个打算。如果她说是，那么他要表达自己的态度：不好，不喜欢，不愿意。

在这一点上，帅哥赵悦像个小孩。这是他和韩丹的最大不同。韩丹已经知道心疼老爸了，而赵悦依然觉得这个家里除了他，不能有第二个男人。

现在妈妈出门开讲座去了，赵悦只能等她回来。他坐在钢琴前，叮叮咚咚弹着，然后他开始唱起来，那首催人命的动漫节主题歌——《你可爱》。

他都忘记了钟点工的存在，如果不是她的拖把在地板上的滑动越来越有节奏感，他一定忘记了屋子里还有一个陌生人。但现在那拖把，让他感觉到了它在节奏上和自己的音乐在互动。

他侧转脸看着它和握着它的她，钟点工大妈。他双手依然在黑白琴键上飞舞。

张彩凤见他在打量自己和拖把，就明白过来了，她脸都红了，说，好听，真好听。

赵悦微微点头，客套地表示接受赞许。

而她的共鸣是真实的，她说，这音乐听着好开心，都想跳舞了。

赵悦一扬眉，说，真的？

张彩凤看见他眼睛里有欣喜的光流过。她说，我们平时跳舞的曲子，也和这个差不多，好听。

赵悦说，谢谢。

张彩凤问，是你写的？

赵悦点头，说，这是用钢琴弹奏，如果你听到的是合成带的，效果会更好一些。

我现在就觉得很好听！很好听！张彩凤一边说一边将绞干的拖把挂起，旋即，她又开始擦玻璃。她拿着抹布，在玻璃上来回擦动，她的手像赵悦那双在琴键上飞舞的手一般灵活。没多少时间，灰蒙蒙的玻璃变戏法似的变得明晃晃，映着窗外小花园里的桂树和枫树。赵悦发现，家里好干净啊。

他突然大声说，我工作室挺脏的，你能去给搞一下卫生吗？

张彩凤其实在干活的过程中，一直在打量那男孩，他坐在钢琴前，黑色的便西装，线条清晰的脸，哼着歌曲时，眼睛里交错着明朗与忧愁。她觉得真是有其妈才有其子，多帅的小伙子。

她说，可以啊，等这里做完。你的工作室离这儿远吗？

还行，就在省歌舞剧院附近，我有车啊。

你哪见过开着小车带着钟点工去搞卫生的？张彩凤笑道。好像她已经坐在赵悦的小车上。

为什么一定是小车？我可以用自行车带你。

张彩凤笑得更开心了，宛若她已坐在赵悦自行车的后座上了。她想，要是女儿韩丹坐在他身后，那马路上的人都会看傻眼的。

赵悦把张彩凤带到了自己的工作室，工作室距离赵雅芝家不远，公交车才两站路，就在省歌舞剧院附近的一幢写字楼里。

推门进去，它比张彩凤想象的还要乱。她没觉得太奇怪，男孩子单住，又是搞艺术的，乱成这样子才是对的。

她在那里干了一个半钟头，角角落落都擦了一遍。在她干活的时候，他就趴在一台她认不得是什么设备的电脑操作平台上，忙不迭地做他的曲子。他把刚才的那首曲子《你可爱》放给她听，"你听听看，是不是比刚才在我家听的要好听"。

那电子音乐，以明快的节奏充溢了整个房间，"可爱，可爱，名字叫可爱，可爱，可爱，动起来就可爱……"她一边擦桌子，一边点头说，好听，是不是阿拉伯音乐？

赵悦笑坏了，阿拉伯？没啊，你怎么听出了阿拉伯音乐？这也太怪了，我用了"穆桂英挂帅"的元素，你怎么听出阿拉伯了？

在这间杂乱的屋子里，音符灌满了每一个角落，她干活的动作也带上了节律感，这让她轻松了不少。虽然如此，她还是说，你这儿太乱了太脏了太久没搞卫生了，我一次可搞不干净，你以后多请我来做做，就会很干净的。

赵悦感觉到了这钟点工对这首主题歌的喜爱是真实的。这么说，它真的很好听？可惜是钟点工的感觉。

虽然如此，他还是为有人喜欢它而感到高兴。他与她有一句没一句地交流起来，比如，这个旋律是这么好听，还是那么好听？

他趴在工作台上，调给她听。他慢慢地发现，她的听觉大多靠谱。他夸了几句。她就说自己平时在跳广场舞，哪种伴奏好用，带劲，能让人跳下去，一听个开头心里就有点数了，大概是听多了的关系吧。

广场舞？赵悦笑起来。在他眼里，这广场舞的音乐放得满街响，不是高原风，就是口水歌的调调，再来几段RAP，雷得皮焦里嫩。

张彩凤不知道这小伙子在想啥，就说，你这个也不会比他们那些差，我看还更精神一点，难怪哪，是"穆桂英挂帅"啊，要不你给我拷贝一个，我带去给我们舞队用用看。

赵悦咯咯笑起来，脸上似有阳光流动，他说话的声音和唱歌时不太一样，唱歌时清响，而说话比较厚实，有点磁性。他说，是的是的，我听说有人确实是在用广场舞推广音乐，但那都是"凤凰传奇"的音乐路子，和我的不一样。

但张彩凤认定《你可爱》适合她们跳舞。她可不管赵悦心里怎么看广场舞音乐，她说，我带回去让姐妹们试一下，我看是蛮好的。

她拿着一个U盘回来。里面拷了《你可爱》。

赵悦付给她搞卫生的工钱，她只收了一半。其实这不是她一贯的风格，她向来是实干实收。但今天她是真心喜欢这小孩。她对赵悦说，我的主活是你妈那里，你这边是我带带的，算了算了，就一半。

这一天后来的时间里，她眼前一直晃动着小伙子英俊的脸。她想，老韩他在搞什么名堂都不知道，有这么个好小伙子，牵线给女儿才是大事，他倒好，在追人家妈。

当然，她想，他忙他自己的事也是对的，都快六十的人了，只是那小伙看着让人舒服，与丹丹很搭。

广场舞

【第十九章】
她说，练舞到火候了就该拉出去遛遛了，情感嘛
也是该转场时就转场，别人转场，你不转，就有
心痛，还不如移情开去，看谁比谁不心痛，怎么
着，还想怎么着？

赵雅兰来找姐姐赵雅芝，她一进门，就说，这可怎么办？这事太离谱了。

赵雅芝以为她还在抗争"绿地小广场"这跳舞的地盘，哪想到她是在为小妹赵雅敏的"地盘"义愤填膺。

雅兰人胖，刚才连奔带跑地上楼来，此刻气喘吁吁的。她说，不是"绿地小广场"的事，"绿地"的事钱珺珺他们报社自会死缠烂打，你们强总就等着土管局找他谈话吧，今天我遇到的事，严重一百倍，我看见小妹夫周树立和别的女人手牵手地从凯地宾馆的电梯间出来。

赵雅芝知道，小妹夫周树立这几年做进出口生意做得挺大，与各种靠谱不靠谱的人交往也随之增多。之前，雅兰和她都有提醒，让小妹雅敏凡事要多长心眼。但每次，雅敏总是笑而不答。

赵雅兰说，我原先也不会去"凯地"，今天我们在那儿开同学会，我在大堂里等电梯时，就看见他们从电梯间里出来。是开房了呢，还是谈事了呢？他看见我就一把甩掉了那女的手，但那女的还不明就里，手臂像蛇一样缠过去。他再甩掉……

真不要脸。雅兰说，要不要告诉雅敏？

赵雅芝瞅着妹妹涨得通红的脸，说，别管他们，别管他们的事，小妹想知道自然会知道，她知道了，自然会有她自己的解决办法，她最了解她老公，所以她最知道怎么处理，我们别插手，否则就成了绑架她的意志了。

哟。雅兰觉得姐姐说得太文绉绉，啥呀。她说，道理可能是这样，但是，怕就怕等小妹觉察到了，就晚了，就连一点时间和余地都没了，来不及了，被别人抢占了地盘了。

雅芝的态度依然是：你别急着帮她拿主意。

雅兰说，我可没拿主意，我只是以我的经验告诉你们，要下手快，将它消灭在萌芽状态，这与我们跳舞抢地盘是一个道理，当别人瞅准你的地盘了，你就不能让，第一时间宣示主权，老娘决不撤，决不好说话，要打得他片甲不留，别人才会气馁，否则等别人占住了，你怎么说理都没用。

赵雅芝笑了一下，说，你抢广场舞地盘真是抢出了彪悍的人生哲学。

赵雅兰可没心思开玩笑，虽是家中老二，她从小就是劳碌命，对这一家子人总是想着要管这管那，比赵雅芝更像大姐，雅兰坚决地说，阿姐，我得去跟她讲，要她马上去找那个不要脸的小三！

在赵雅芝的身边，这类婚姻、家庭生活中的纠结琐碎恶心可笑花絮，时常飞扬。对此，赵雅芝从来就是悲观的，看透的。一片破碎。她放眼出去，感觉就是一片破碎，哪怕一家家祥和、平静、幸福的表象之下，也难掩她视线中的这般实质。这也是她从早年离婚到现在对于家庭情感的定论。这些年来，每每听到别人的这类叽叽歪歪的情感烦事，她都在心里对自己说，家家有本难念的经，那我干脆就不念了。

但看着雅兰急匆匆要去找雅敏，火赤啷当要去帮她维护主权的样子，赵雅芝还是无法完全袖手旁观，她叹了一口气，想象着小妹雅敏即将失声痛哭的悲哀神情，她就决定随雅兰一起过去，关键时刻，至少可以说几句安慰话。

姐妹俩打电话给雅敏，你在哪儿？

显然雅敏还不知道乌云正在向自己飘来，她在电话里笑道："雅丽姿"健身中心，在跳健身操哪。

"赛丽姿"是一家高档女子美容健身会所，地点就在市中心五星级宾馆"迪卡利来"的裙楼二楼。赵雅芝知道那儿，但没进去过。去那儿的，大多是有钱有闲的阔太太，尤其是大白天，这类人占了百分之九十。

赵雅芝和雅兰打车过去。这是她俩第一次走进这里，走在恍若镜面的白色大理石地板，穿过空旷的大厅，走上铁艺镂花扶梯，她们看见了妹妹正站在"雅丽姿"的门口等她们，在她的身后，透过落地门窗，可以看见一排女人正在随教练起舞，各种健身器械依墙有序摆放，赵雅芝只认识其中的跑步机。这里阳光明艳，明净的窗外是繁华的秋天街景，街边梧桐叶正在飘飞。

小妹赵雅敏头上盘着精致的发髻，即使在运动中，也化着淡淡的妆容。她穿着一件玫红色天鹅绒紧身衣，衬得肤白唇红，浑身流动着刚运动过的精气神，她笑道，我们正在练呢，你们来看一下，有点现代芭蕾感觉的排舞。

赵雅兰哪有空看她跳什么舞，她一把拉过雅敏，凑着她的耳朵说了一通。

雅敏脸上有惊愕，她看了一眼雅兰，然后转过脸，看了一眼雅芝。她微微皱着眉头。在赵雅芝的眼里，她那惊愕好像不是因为听闻老公出轨了，而是对两个姐姐来这儿告诉她这事感到吃惊。

果然，赵雅芝见妹妹雅敏神情古怪地冲着空中吹了一口气，然后有点淡然地冲她们笑了一下，双手一摊，说，你们现在才听到八卦？

赵雅兰就叫了起来，你知道？你早知道了？

赵雅敏说，他要转场了，那又怎么？随他去，我只要管住我想管住的东西，其他随他去吧，他可以转场，但他的财产转不了场。

雅敏脸色沉静，目光锐利地看着两个姐姐，说，他转场好了，他的花花肠子我懒得管理了，管了那么多年，我太累了，我还得多活几年，我干吗要累呢，他不嫌累他去玩他的好了，我只要占住主场，他就不会真正转场，他才不会那么笨呢，他精着呢。

赵雅兰生气地说，你说的是外面彩旗飘飘，家里红旗不倒，你以为你是谁啊，你掌控得了吗？

赵雅敏说，我早想通了，你以为他玩真的了？屁，他只是做生意压力太大，找个女朋友宣泄宣泄而已。

赵雅兰脸涨得通红，说，有病，你要吃亏的。

雅敏向姐姐努嘴，笑道，我只要掌控我能拿到的钱，我只要开心我自己的事就行了，其他随他去吧，别染了艾滋病回来就行了。我现在天天与这儿的姐妹练健身舞，上个月我们组团去香港玩时，我们在维港、在迪斯尼门口都跳过了，在那儿可没人来赶我们走，相反围观者多了去了，呵呵。她指着健身房内正在起舞的那些"富婆们"，说，呵呵，接下来，我们还商量去俄罗斯，我要组织姐妹们在红场跳一场，然后，再去罗浮宫门前跳一场，去纽约时代广场跳一场……

这疯狂的妹妹。两个姐姐看傻了眼。这雅敏，这弃妇好像有多开心似的，她也在坑转场，可比那花花肠子转得高级得多了。她甚至在哈哈大笑了，她说，跳舞到火候了就该拉出去遛遛了，情感嘛，也是该转场时就转场，别人转场，你不转，就有心痛，还不如移情开去，看谁比谁不痛，怎么着，还想怎么着？

赵雅敏强调：我只警告他别带艾滋病回来。

赵雅芝听得目瞪口呆，赶紧拉着雅兰撤了。

广场舞

【第二十章】

她告诉这个孤傲的女人，很多事在经历的时候往往不明白，经历过了，难受过了，就知道有个融合度了，对什么事先得低一下头，像我们这样的人，低头又怎么了，低头了，人就会与人相处了。

傍晚正在来临，赵雅芝与雅兰一路谁也没说话，她们走过两个十字路口，在"雷迪森"门前分手。

赵雅兰去坐公交车。赵雅芝说自己想走走路，就走回去吧。

向北走了二十几米，赵雅芝回头，妹妹雅兰已经被淹没在公交站台等车的人群中。她继续往前走，心里悲哀，在这座城市，三姐妹像小草一样长大，父母去世以后，她们是这世上彼此的牵绊，但即使这样，感觉中也在相互远去，每次相遇总是尽力端出自己最好的一面，但其实人人都在隐忍着一些什么，哪怕你知道了，也往往无力走近去窥探。

赵雅芝往前走，这一刻她是多么爱妹妹雅兰胖胖的脸，多么心痛妹妹雅敏的无所谓。她感觉忧愁在这星期天傍晚的街边无法遏制。她走过鱼儿巷口"九星电器"商场门前的空地时，感觉路被人挡了，因为那些跳舞的人排的队伍散得太开，或者说，这里跳舞的人太多，把空地全占了，她只好往队列中走，从两排舞动着的人中间穿过去。"火辣辣的情歌，火辣辣的唱，火辣辣的草原，有我爱的天堂……"赵雅芝听见有人叫了自己一声：赵老师。

　　毫无疑问，是张彩凤。

　　这个时候与张彩凤的相遇，是我们这个故事的需要，也是张彩凤自己的需要。今天是星期天，她刚从菜场买了菜回来，准备回家做晚饭，路过"九星电器"门前，看见这里的人马正跳得起劲，她就情不自禁把菜袋子放在一边，加入进来，她家就在"九星电器"后面的小区里，跳完一曲，回去做晚饭也来得及的，她此刻突然起兴，与今天是周日她和清洁工们早晨没去中国银行那儿跳过有关。最近每天都跳，哪天没跳，一整天就像丢了魂，就像少做了正经事。可跳得再入神，张彩凤对赵雅芝的身影还是非常熟悉的，她没想到这个身影会突然从自己面前走过去，就叫唤了一声。

　　赵雅芝见是张彩凤，说，呵，你跳到这儿来了？

　　张彩凤说，我家就在这后面呀。

　　赵雅芝把手放在胸前向她摇摇，径自向前走。没想到张彩凤跟上来了，说，赵老师要不你去我家吃饭吧。

　　其实张彩凤自己也不太清楚为什么要邀赵雅芝去家里吃饭，也可能是喜欢她，也可能是在这黄昏时分，这样一个瘦高女人独自走在街边的样子让自己怜悯，尤其是这女人在单位里是为数不多的几个给自己以平等感觉的人，也可能是没这么多心理活动，只是自己马上要回家去做饭了，一眼看到赵雅芝了，就脱口而出请她去自己家吃饭，赵老师不是夸我手艺不错吗，星期天在赵老师家帮做午饭时不是嫌她家调味品种类太少吗，当时好像就说过"哪天你去我家，我做给你吃"。

　　赵雅芝一定忘记了当时嗯嗯啊啊答应过。但张彩凤是记在心里的。

　　张彩凤跟在赵雅芝后面，努力劝说着她去自己家吃饭。她晃着手里环保袋中的菜说，我今天买到了两条好汪刺，很好的蘑菇，梭子蟹这两天便宜，我也买了，就好像知道会遇上赵老师似的。

就赵雅芝的性格她哪会去别人家吃饭。但张彩凤的死缠硬拉使她有些不知所措了，尤其是在众目睽睽的街边。张彩凤说，这个时间点上，你回家也是要吃饭的，你一个人吃饭也是要吃饭的，那你还不如跟我去我家随便吃点，我家就在这商店的后面。

也可能是因为在街头这么拉扯让她局促，也可能是因为这个下午心里的忧愁，以及对回家之后孤单感的厌倦……反正这一晚公司中层、知识女性赵雅芝居然去了清洁工、老同学老韩的前妻张彩凤的家。

张彩凤的老公老何也在家。这是一个高大、壮实的男人，目光忠厚，寡言少语。他见老婆带客人来家里了，就点头招呼，然后接过张彩凤手里的菜袋，进厨房忙碌起来。

张彩凤说，到了我们家呀，就轮不到我做饭了，老何的手艺比我好出五倍。随后她把头伸向厨房，大声问：五倍有没有？没有？那就算三倍吧。

老何憨厚地笑，问汪刺鱼是做汤呢，还是煮梅干菜？

张彩凤说，你定吧，反正赵老师是我的恩人，要拿出最好的水准。

赵雅芝赶紧从小沙发上欠起身，说，快别这样说，你帮我搞卫生，该谢你哪。

这么说着，就环顾这间小屋，这是上世纪八十年代多层公寓楼中的一间，虽旧虽简陋，但很整洁，毕竟是清洁工自己的家，收拾得干干净净，墙上、桌上装饰着各种布艺。张彩凤见赵雅芝在打量那些格子布挂帘、灯罩，就笑道，这是自己做的。

赵雅芝说，你喜欢格子布？这里还真有点英国乡村小屋的味道。

等老何把菜做好一盘盘端出来时，赵雅芝真的服帖到底了，也没见他们买了多少菜，但居然满满做了一桌，汪刺鱼被几块子排围着蒸了梅干菜；四只梭子蟹被分拆成盖和肉，盖子里加了蛋液和咸肉末，做成了"蟹斗"，而蟹肉对半切，在盘子里倒立成怒放的兰花状，用鲜酱油蒸；蘑菇用黄油煎了一下，洒上了黑椒……更体现会过日子的是：那八只蟹大钳，被剪成碎块，和丝瓜同煮，做成了一碗红黄绿色相间的浓汤。

赵雅芝坐在他们中间。菜肴的美好滋味惊得她都快流出眼泪了。这是一种什么味道呀。竟然让人感动到几乎落泪。她细细地辨着，好像有那么点熟悉，但也不尽是。那熟悉的是什么呢？是的，她感觉到了，好像小时候在外婆家吃到过的滋味，悠远的，阳光普照田间，柴灶炊烟，菜籽油飘香，通往家园的味道。

老何言语不多，一直是以乐呵呵的表情听着赵雅芝的赞语，听着张彩凤的打趣。他那张经历风霜的脸上，是络腮胡刮得泛青的印痕，而那厚实的笑意就像这桌上的菜，虽普普通通，但诚意充溢，做得很有诚意，很用心，所以让赵雅芝惊为天味。

是的。赵雅芝在心里暗自评定：主要是用心，菜做得好不好，取决于是不是放进了一颗心。

赵雅芝已经有十年二十年没上别人家吃过饭了。在这座城市，这是普遍性的倾向，虽说这是朋友那是朋友，但真正能坐进他家吃个便饭的，又能有几个？她环顾四周，用格子布艺装饰的房间，仿佛很眼熟，但她以前可没来过这里。

赵雅芝和张彩凤夫妇吃着聊着，慢慢地，她心里就轻快起来了。是啊，别人不也在过日子吗，不也在尽力高兴地过吗？他们还羡慕你有文化有职位呢。赵雅芝后来有些走神，她没头没脑地说，不错，你们过得真不错。

赵雅芝离开的时候，张彩凤非要送她。她将赵雅芝送过了三个路口。一路上开始时谁也没说话，后来在等一个漫长的红灯时，张彩凤隐约感觉赵雅芝在想与她家有关的事，就看了赵雅芝一眼说，赵老师，人一定要想开，我和老何就是这样，开始时别人都说两个二婚的人，会很难很难过好，但现在不也还好吗，都是经历过的人，都明白了，生活是啥，走到你面前的就是生活，你认了，想开了，就会好过下去。

她说，跟老韩那会儿，人年轻，还不懂事，很多事在经历的时候往往不明白。经历过了难受过了，就知道有个融合度了，对什么事先得低一下头，低头又怎么了，像我们这样的，低头又怎么了，低头了，人就会与人相处了。

晚上街边的风有些大，赵雅芝脸上的笑意被风拂着，有些闪烁。她眯着张彩凤说，我们这一代，没有谁没吃过苦的，呵，其实中国哪一代都是吃苦的。

张彩凤没搭上她的话，她在自己的思维里，她说，老韩，人不错的。

老韩？赵雅芝敏感于这话里的意思。她心里别扭了。她想，什么情况啊，都跟我说这事，昨天儿子对我疑神疑鬼，今天雅兰在插手雅敏老公出轨事件时也忙中不忘劝导我，"看看，如今好男人有几个啊，就冲着老韩执着这点，你也得无条件服帖"，唉，现在连他的前妻也闪烁其词。什么意思啊。

她觉得十分别扭。

张彩凤没感觉到赵雅芝的别扭，她径自在说，老韩人不错的，就是有点黏黏糊糊，我和他无缘，所以哪怕他现在混得再好，我也无感，我现在希望他过得好，都快六十的人了……

赵雅芝生性敏感，她在想张彩凤说这些是什么意思。她心里别扭。

是的，别扭。十几分钟前还在她家吃饭，现在居然在谈这事。

那可是她的前夫啊。不行啊，不会有这事的，自己是有定力的。没错，走到面前的才是生活，这没错，但缠成一团的麻烦事，不能让它们走到面前。

她让张彩凤别送了，她说，谢谢你的晚餐。

广场舞

【第二十一章】

她像挥着马鞭一样挥着手臂，她像骑着马一样交换着脚的步律，她说，出手快，转身快，目光成直线，都把自己当杨门女将吧。

每个不下雨的早晨，"阅读理想"文化传媒公司的清洁工张彩凤们都在中国银行门前的空地上起舞。

"可爱，可爱，可爱，你可爱……"

《你可爱》像晨风吹拂刚苏醒的街道，一个小时后这里将迎来汹涌的车流人潮，而现在这里是无人阻拦的跳舞场。大妈们齐刷刷，用她们擦惯了玻璃的手，拎惯了水桶的臂，习惯粗活的腰身，被人轻视的脸神，舞出这一天里最初的力量。"可爱，可爱，可爱，你可爱……"那小伙说用了"穆桂英挂帅"的元素，亏他想得出来，这节奏里确实有一种奇特的英武。张彩凤站在最前面，迎着从对面利星广场顶部升起来的太阳，微微闭眼，她向空中摇着手臂，感觉挥鞭冲向这晨光中的城市。

她告诉过身后的这些姐妹们，这歌是有人专门为我们写的，全城你找不到第二支队伍跳这个的。她说，你们没听出来吗，"辕门外三声炮响似雷震，天波府走出我保国臣"，她哼着，示意她们寻味其中刚劲的韵调。

她们说，啊，难怪啊，给你这么一说，是有点"穆桂英挂帅"的调子。

她像挥着马鞭一样挥着手，她像骑着马一样交换着脚的步律，她说，出手快，转身快，目光成直线，都把自己当杨门女将吧。

张彩凤在顺应《你可爱》的旋律过程中，无意中塑造着清洁工舞队的风格。她满意自己对音乐的讲述，因为她们都懂了，接下来各位闻乐起舞时都有那么点杨门女将的意思了，这使她们的动作有了一种果断、硬朗的力度，与街边其他队伍或曼妙或明快或搞怪的风格截然不同。

她们虎虎生风，吸引了上早班的人们的视线。

中国银行营业所二楼办公室的窗前站着一个人。

最近这几天，他来得都很早，他注意到了这支略显奇葩的舞队。

在观察了一周之后，他终于在一个早晨坐到了银行的台阶上，近距离地打量这些动作劲猛的大妈。

这显得很奇怪。整个城市都不可能有这样一个男子这么一大早旁观这样一群胖瘦高低各不同的大妈。

当然，与你想象的一样，他绝不可能犯了花痴。谜底在这天六点四十五分舞队散场了之后揭开。因为他走过来，对张彩凤说，这位阿姐，有点事想跟你商量？

张彩凤早注意到这人了，她心想，有什么状况吗？咱扰民了？这里不让跳了？要赶我们走了？

于是她赔着笑脸，说，好的，好的。

哪想到他没有要赶她们走的意思。他递过来一张名片，说自己是这家银行客户部的经理。

张彩凤看名片，知道了他叫钱磊，也就是钱经理。

钱经理戴着眼镜，说话有板有眼。他说，阿姐，你听说过吗，有人通过跳广场舞的大妈推介理财产品。

她摇头。她以为他在劝自己别上当，有人对跳广场舞的大妈行骗。

他说，没听说过？哦，那么你听说过"得大妈者得天下"这句话吗？

他一本正经的脸神，让她想笑。她心想，有病啊，还得大妈呢，这年头没人要大妈的。

他说，我们也想试一下，我的意思是我们银行也想试一下这种营销途径。

她这才注意到他脚边还放着一个袋子，里面是一沓沓T恤。他拿出一件，打开，是印着字的广告衫，那字是"金通基金"。

张彩凤可不明白这是啥理财品种，但明白这广告衫是干什么的，马路上老年长跑队不是经常穿着各种广告衫在奔跑吗？

钱经理解释道，我们银行也想试一试借助广场舞的推广手段，你们的舞蹈风格与别人不太一样，很引人注目的，要不请你们试一下？

送我们衣服？

是的，哦，不光是衣服。钱经理笑了。这样的男人看不出年纪到底有多大。

跳舞时把这广告衫套在外面，这我知道。张彩凤说。她心想，穿就穿呗，只要别赶我们走，只要永远让我们在这里跳，穿就穿吧，就算互相帮忙吧。

钱经理含笑道，不光是穿这个衣服，还需要你们到附近的小区去跳跳，这样吧，一个月每人一百块钱。

从第二天早晨起，张彩凤们穿着"金通基金"在中国银行门前跳《你可爱》。

接下来的几个双休日，张彩凤们还把《你可爱》跳到了城南的许多个小区。

"可爱，可爱，可爱，你可爱……"

音乐生风，腾挪扭摆，她们跳出了感觉，一方面是因为有酬劳，虽然不高，但给她们的感觉是颠覆性的，等于是跳舞有出场费了，这是质的跃进，是做梦都想不到的；更想不到的是到了第四周，钱经理过来告诉她们，银行领导看这些老姐们投入，决定增加酬劳，每人每月二百块，天哪，做了一辈子的粗活，到这把年纪居然跳舞也挣钱了。另一方面，让她们喜出望外的是这个《你可爱》风格特别，所到之处，目击者迅速发现了它的不同质感，围观者、现学者众多，这让她们感觉到了被承认，这也是致命的。

"阅读理想"文化传媒公司清洁工张彩凤们的广场舞，由此四处出击，越战越勇。

钱磊经理和银行同事在跟踪中发现，这种传播虽不像媒体报道的那么神乎其神，但作用还是有的，尤其是在中老年人群中，比如，来打听该基金品种的老年人近期增多了。

钱磊经理在向银行高层汇报时，高层犀利地指出：效果已显现，但还没做到最大化，这是因为文化衫还只是视觉传播，如要做深做透，钱磊你们还得对大妈们进行一定的培训，让她们能说得出"金通基金"的基本道道，也就是要实现从"文化衫传播"向"用户口碑定向传播"的转化。

钱磊挠着头皮，来找张彩凤们。

他说，效果很好很好，但如果别人问起来，什么是"金通基金"，收益有多少，你们怎么说呢？你们穿在身上的字你们不知道它是什么意思，这不太妥吧？

张彩凤一听就知道他在绕，就说，钱经理你就直说吧，你都付我们钱了，只要我们能做到的，就该做到最好。

钱经理觉得这大妈挺爽快，就笑道，我想给你们讲讲理财知识，你们晚上有没时间来听一下？

于是接下来的几天，张彩凤和众姐妹下班后就坐进了对面中国银行大楼的会议室。

钱磊拿着一块白板，对着这群大妈讲啊讲啊，也不知她们有没听懂，反正自己讲着讲着就有些梦游感了。

张彩凤把听来的内容记在笔记本上，虽半懂不懂，但回到家就像背书一样背起来。老公老何看着觉得好笑，但也知道她就这性格，做什么事都一头扎进去。

在随后的日子里，钱经理感觉到了热气在涌来，"金通基金""金通基金"，无数人来打探。

他又惊又喜，一得意，在参加全省金融研讨会时，向同行们吹了一通广场舞"病毒式传播手段"，听得别人惊讶连连，哗，还真的有这样的事啊？

消息像传奇一样在业界流传，前来打探、联络清洁工舞队（现在张彩凤们给舞队起了个名"穆桂英队"）的人接踵而至，先是银行系统的，接着是保险业的，再接下来是商场的……

张彩凤们在被惊到差点脑子短路的同时，四处登场，接不暇接。难道是要红了的节奏？天啊，自己居然被人视作"病毒"啦，跳吧，到处去跳，去传播吧。

于是"阅读理想"文化传媒公司清洁工张彩凤们，真的是舞出了前所未有的人生新体验。

当然，与四处登场的新体验相比，其实最大的心跳还是在自己公司里，当她们埋头拖地时，当她们看着那些视自己若空气的白领从身边走过去时，她们心里在跳：他们知道我们是谁，在干什么吗？

来邀约的人越来越多，钱经理开玩笑道：他们总是把电话打到我这儿，说是要找你们，要不我给你们当经纪人吧。

张彩凤回答得像巨星一样：找的人再多，我们也是把你们中国银行摆在第一位，因为我们是在这块地盘上起步的，你们哪天可别赶我们走噢。

钱经理哈哈笑道，你们还挺讲政治的，好好好。

随着"穆桂英队"名声扩散，连城西幼儿园招生，园长都来邀请清洁工大妈们助阵了，她说，你们适合我们，小朋友喜欢有喜感的奶奶、外婆。

张彩凤说，好好好，我们一定去，可惜我还没做外婆呢，我那宝贝还没找到男朋友呢。

来邀约的人越来越多，有些人不明就里，甚至把电话打到了"阅读理想"文化传媒公司，他们还以为这支舞队是属于公司的。

强总最近就接到过几个这样的电话，他对着那头说，打错了。

等他接到第十一个电话时，他认定肯定是哪儿登记错了电话号码。

而等到他接到第二十个电话时，他生气地冲着那头喊，是别人冒我公司的名，在骗人。

强总这么生气，还因为心情不好。

他心情不好，是因为赵雅芝与安安又闹"分歧"了。

原来，安安把赵雅芝原先负责的百帛公司"丝绸梦园"文化创意项目转交给了方纯、李辉伟等几位年轻人，年轻人为此做了一款APP，想法虽好，界面和版块设计也算独特，但做完后他们拍拍屁股就算完工了，其实还早着呢，做APP难道是为了锁进箱子里不成？需要推广出去才能证实这方案、这设计、这功效是否靠谱，但方纯他们可不是，他们拿着这个移动客户端，向公司头儿显了一通宝，得到了一番夸奖，就算大功告成了，然后精明万分地把渠道推广、市场运营像踢皮球一样，踢到了安安这边，而安安一个转手，就推到了"资深大牌"赵雅芝这边，还说什么，赵老师，百帛公司是你的老客户啦，你做推广，他们最放心。

靠，这年头怎么了，80后都上场玩忽悠了。赵雅芝对安安说，不是说我没互联网思维吗，APP我不懂的，我做不了。

安安说，赵老师，市场的道理是一样的，即使你不懂新媒体，但你懂人心啊。

赵雅芝说，人心？我什么时候懂人心了，我这辈子最笨的就是不懂人心，不要说老的了，就是现在那些小的，我都看不懂。

安安的脸色就比较难看了，她尖锐地笑道：你现在每一句话都刺痛了我的心。

赵雅芝冷笑道，APP，新媒体？谁出主意谁去执行吧，无论是这家公司还是这个国家，从来缺的不是出主意的人，缺的是干活像牛一样做到底的人，切，谁设计的谁自己去执行，自己设计的产品自己才会有感情，有感情才会做好用户体验，这不是你们说的吗？呵。

她们甚至在强总面前抢白起来。

强总很生气，虽然他也认为赵雅芝的话里有几分道理，但这女人脾气越来越大，越来越控制不住自己，按理说也已经"更年"了，唉，所以说女人得先解决自身的事，否则祸害办公氛围。

强总沉着脸说，赵老师你不是最资深的吗，公司最困难的时候需要像你这样的大牌扛着，你就譬如这是个全新的项目，是与方纯他们无关的项目，就譬如是我此刻布置给你的新任务好不好，你去执行。

赵雅芝沉着脸出来，切，还大牌呢，到这个时候，才想起来我是大牌？

留下安安在办公室，强总说，你怎么回事，这么一个大姐，你在管理中，也得给她尊敬。

安安瞟了一眼强总忧愁的脸，说，我给她的尊敬都有一篮筐了，我真的搞不定。

强总说，这么个阿姐都搞不定，你还怎么去搞定外面的竞争者、合作者？

安安心里有隐约的痛，她心想，外面的人搞定他们有什么意义，我连你都没搞定，唉，连你都没搞定，搞定全世界又怎么了？

安安这一阵的心烦还不完全是业务，或者说与业务焦虑同步进展的是情感的不安妥感，它们相互牵连，让她恍惚，有时他好像在享受她对他的温情依恋，有时候他和颜悦色地看着她，眼神里似有对暧昧的鼓动并交错着犹豫，有时候他又在嫌她业务缺乏突破力，有时候他似在逃避，但有时候他又会兴奋地搂一下她的肩膀……凡此总总，就是他没给她一个明确的，或者说她所希望的态度。

对这态度的琢磨，甚至影响到了她在这公司里的精神状态，她遏制自己涌动着的时而忧愁时而欢喜时而泄气时而兴奋的情绪，那个开关就在强总的办公室里，就在这个中年男人这儿。

现在她看见强总握着它，那修长的手指其实那么软弱，无力。她看得出他致命的迟豫。

她对自己受制于这无形中的开关，深感痛恨，她无数次想冷静地告诉自己：迅速丢了这个开关。

但每次与他迎面而遇，每次来到这里，看着他那张让她朝思暮想的脸，她总是让自己软弱下来。

比如，现在她忘记了自己因内心不安妥而生的隐痛，只想着让他开心一些，她从口袋里掏出一个笔盒。

她说，这个给你，你生日啊。

是一支万宝龙。

他脸红了，向她点头，那眼睛里表达着他是懂她的、怜悯她的、喜欢她的、逃避她的眼神。

赵雅芝从楼梯上往下走，每次不坐电梯走这个楼梯时，心里总是灌满了烦乱，它们像铅块一样往下沉，沉到胃里去了，一个台阶一个台阶，层层叠叠，现在沉到了腿上。

她好像知道在楼梯转角会遇到张彩凤。她发现自己心烦意乱的时候越来越想遇到她。这个粗粝的清洁工，像一堆稻草一样，有令人踏实的质朴感。

果然，她在。她在三楼拐角擦楼梯扶手。

张彩凤看到了赵雅芝，她先说话了：你怎么了，刚才在老总办公室大吵大闹的？

原来张彩凤此刻在这儿干活，也是心里有个默契，想在这儿遇到这个赵老师，劝劝她别生气，人又不是气球，怎么可以每天这样子，一会儿胀气一会儿泄气，有些事不要太在意，都到这个年纪了，别和那些年轻的计较也就罢了，谁都不可永远红的⋯⋯

此刻她就对赵雅芝说这些。她说的这些赵雅芝未必听到了耳朵里，但赵雅芝发现自己需要有人此刻在耳边说些什么，这能在这冷感的写字楼里模拟出一些知心的感觉，好让心里透一口气。这么想着，赵雅芝侧转脸，看着这个清洁工，她是知心姐姐吗？这让赵雅芝有些不可思议的搞笑感觉。人与人的相处、相通真是不可思议啊，与文化、处境有关还是没关？赵雅芝温和地看着张彩凤，没头没脑地说，你比她有水平。

赵雅芝指的"她"，自然是安安。

张彩凤说，你们刚才在吵什么？

赵雅芝就简单地说了APP的事，说得很简单，心想她也听不懂，反正就是个无聊的事。当赵雅芝试着用简单的言语去说刚才的纷争时，还真的发现它们确实细琐，不值得争成这样，无聊啊。

但张彩凤的注意力没在分辨"是否无聊"上，因为这阵子她的"穆桂英队"到处跳舞，做的就是与这"用户体验""渠道推广"沾边的事，现在她多少了解这些事。于是她对赵雅芝脱口而出：我试试，我们"穆桂英队"帮你去试试。

其实这阵子，赵雅芝也听说了清洁工舞队的一些轶事。甚至张彩凤有天在卫生间遇到她，也曾兴奋地介绍了一下自己跳广场舞的最新动向。但赵雅芝只当是个玩儿的事。

现在张彩凤神情这么果断，说要试试，赵雅芝也就不置可否，你要试你去试吧，反正我不干。

赵雅芝心里还在抱怨安安，那女人整天把"互联网思维"挂在嘴上，线上，线上，她否决我的"立体杂志"创意的理由是，"线上才代表未来，线下你一个活动也就几百人，OUT了"，得得得，你去线上，你线上，那么你找我线下干吗？

午间休息的时候，张彩凤找来了"穆桂英队"的老姐们，说要穿上"丝绸梦园"的二维码，去舞几场。

姐妹们随便问，哪家公司的，给多少钱？

张彩凤说，我们自己公司的，还没钱。

老姐们其实原本也无所谓钱不钱的，但常言道"干一行厌一行，做一家烦一家"，她们对这家公司有些情绪，因为前不久公司两次扣她们的奖金，并且都事关跳舞。

张彩凤赶紧做思想工作，说，虽然我们是临时工，但这也算是我们自己的单位，眼看着我们要红了，就给自家做点好事吧。

她们就笑她，呵呵呵，也没见这公司对我们有多好，像防贼一样防我们跳舞，还扣我们的钱，现在倒要我们为它去跳舞做好事，受不了了。

张彩凤被这么一挑拨，心里其实也有火苗上来，但嘴上说，不说了，不说了，不是公司让我们做，而是我的好朋友的事，我在这里就这么一个正式工的好朋友，我求你们帮忙了。

老姐们其实也是半真半假，嘿，这跳舞的事，本来就是彩凤在张罗的，要不是她，压根儿就没这跳舞的事，也压根儿没什么出场费可拿，好吧，就算帮彩凤，还有什么话好说呢。

于是她们打印了"丝绸梦园"二维码，贴在衣服上，双休日去几个小区舞起来。

等她们舞到第四个场地时，赵雅芝就来现场了，不来不好意思啊，毕竟是自己的业务，更何况百帛公司还是自己的老客户，彼此情感深，他们对后来接手的方纯也不满意。赵雅芝想，一个人如果势利地对你，那他也会如此对别人，所以，你不需要去嫉恨他，生活会给他教训。

赵雅芝站在"穆桂英队"旁，看这些清洁工们动作利落、劲猛地舞着，差点晕过去，她几乎脑子短路：这些大妈是自己公司里的那些吗，怎么好像从来没见过？

她指着那变幻的队列，忍不住对旁边人嘀咕，看看，还"Z"形呢，是一条"Z"形线，佐罗。

如果她知道这《你可爱》的旋律居然是儿子赵悦的作品，她更会昏倒，他不是搞先锋音乐的吗？张彩凤忙着领舞，也忘记告诉赵雅芝这个当妈的了。

百帛公司的张丽老总与赵雅芝结伴而来，张丽见这舞队如此泼辣生风，吸引眼球，也就将信将疑了它的效果，她见她们衣服上贴的二维码太简陋，赶紧让自己公司的人去印制一批文化衫，因为是丝绸企业，多的是各类面料，她告诉下属就用皱纱好了，做出飘逸感，配这个舞。

张丽毕竟是做生意的，她见现场围观者众多，就让人赶紧从厂里送过来一批库存的小方丝帕，现场派送，围观者谁扫一下二维码，就获赠一条丝帕，结果现场火爆。

这是一个奇迹，"丝绸梦园"APP以每天百分之四百的涨幅增粉。它甚至冲入了APP下载排行榜的前三位。

北方，去北方。张丽来找赵雅芝商量，能不能让你们公司的这个"穆桂英队"去北方推，北方人喜欢丝绸，更需要了解我们的文化。

赵雅芝犯难地说，这可不是我们公司的舞队，是几个女工自己玩玩的。

赵雅芝把张丽老总的邀请转告给张彩凤，张彩凤说，这怎么成，我们还要上班呢。

广场舞

【第二十二章】

就算是像广场舞这样的东西，看上去最老土了，但它偏偏有辐射力，为什么？因为它契合了今天的社会心理。这就是你们生活的这块地儿，你们以为人人掏出来的都是智能手机吗，可能吗？不可能。

如果墙外围观者多了，墙内的人自然会知道红杏已经出墙。

既然百帛公司老总张丽会误认为"穆桂英"是"阅读理想"文化传媒公司旗下的舞队，那么自然也会有别的人也如此认为，并且找上门来。

既然像"百帛"这样的外面公司想到了聘这奇葩般的大妈舞队开拓更广阔的市场，那么自家公司当然也会开始打这个主意，并且更为心急：肥水怎么可以流外人田呢？

更何况，借"丝绸梦园"这个客户端项目的一鸣惊人，"穆桂英队"在"阅读理想"文化传媒公司内部已经人尽皆知，并且被神化。

强总也已暗中观察了几天，在经过一天一夜的考虑之后，他果断宣布：

火线提拔清洁工张彩凤为公司总务部副总管，除配合总管老严做好后勤工作之外，发挥她所能，通过舞蹈搭桥，参与公司文化项目的市场推广。

另外，清洁工每人每月增加三百元奖金，以表彰她们默默无闻为美化公司环境做出的贡献，尤其是最近为推广公司重点项目"丝绸梦园"付出的汗水。

此外，鉴于"穆桂英队"日渐扩大的影响力，公司将舞队纳入旗下，只有正规化，才会有更专业的发展，舞蹈队长为张彩凤。

……

这消息惊晕了总务部的大小头儿，也引起了清洁工大妈们的雀跃：有人进入"领导班子"总比大家都是小混混好，彩凤姐本来就是带头大姐，这下有些事总算有人可以帮我们说话了。

张彩凤当然受宠若惊，从上面的故事看下来，你该明白她的个性了，像她这样的女工，只要你给她温暖的眼色，她就极其仗义。

现在张彩凤扑进扑出，忙上忙下，"穆桂英队"甚至在白天都向城市的许多广场出击，向公众推广诸如"丝绸梦园""蓝城高科""城北文化园"等各类文创项目，甚至包括"阅读理想"文化传媒公司自身的形象和概念。

"穆桂英队"的鼎力相助，让50后赵雅芝完成了对新媒体的一次逆袭。

赵雅芝沿着楼梯一路找张彩凤，她要表达感谢之意，可是没找到她。这才想起来，张彩凤不是升职了吗，该是坐办公室了吧？

于是赵雅芝去了总务部办公室，果然，看见张彩凤在那儿，她穿着藏青色的工作套装，站在走廊上，正与人商量事。

赵雅芝走过去，听见她在对那人说，花盆里的花需要换一下，这个季节可以换圣诞红，花期很长，蛮划算的。

赵雅芝见她正忙着，就向她做了个V手势，张彩凤朝她笑起来，赵雅芝感觉她那气色像圣诞花一样耀眼。本来就是厂花的底子，这样的穿着，清爽利落，鸟枪换炮了，蛮耐看的。

赵雅芝见又有电工组的人过来找张彩凤，自己就先离开了。反正张彩凤也知道自己是来祝贺和感谢的了。

赵雅芝完成了"丝绸梦园"APP推广项目之后，在办公室里也舒了一口气，她有所指地说，通过这个项目，我认识到，什么"线上线下"，什么"互联网思维"，概念不能解决实质问题，不能用时髦的新词掩盖创意的稀缺，创造性不分传统还是新锐，对于市场，更需要的是坚韧心，是意志的胜利，我这么说，你们懂我的意思吗？我的意思是，就算是像广场舞这样的东西，是群众运动式的，看上去最老土了，但它偏偏有用，为什么，这是因为它契合了今天的某种社会心理，在中国，群众运动是有用的，这就是你们生活的这块地儿，你们以为人人掏出来的都是智能手机吗，可能吗？不可能。否则，一班清洁工怎么会有这样的商业价值，我以为她们甚至包括我们到现在为止还没真正认识到她们的价值……

你必须承认赵雅芝说的还是有些水平的，虽然她是以她惯有的"资深大牌"派头在办公室说这番话的。

这就引来了安安的委屈。

她跑到了强总那儿，说，我也没这么绝对啊，她干吗把我说过的话拉到那么个绝对的位置，然后进行批驳呢，我实在受不了了，我不想做这个代理总监了，因为我搞不定这"大鳄"。

她说着说着，泪水就流下来。

强总微微皱着眉，从桌上纸巾盒里拿过一张纸递给她，安慰道，赵老师到这个年纪让你超到前面去了，她是有心结的，你忍一下吧，一个人不可能什么都得到，有得就有失。

安安的泪水流得更剧烈了，她盯着他的眼睛，嘟哝，我得到什么了，我什么都没得到，我最没得到的是快乐，我发现我在这楼里不开心。

强总伸手轻轻拍了拍她搁在桌上的手背，以示理解。她缩回手来，像个小孩一样固执起来，我想离开设计部。

强总轻声叹了一口气，说，那么去哪个部门呢？

她说，你不是最近要提一个总经理助理吗，要不我来当这个助理，我一定把你的工作安排得有条有理，这个应该是最适合我的。

她用泪眼看着他，等着他的答应。

强总瞅着她，他眼睛里的意思是，你啊，合适合适。

她接着说，我不想与她们打交道了，80后、90后需要我哄，但对比我大的50后、60后，我怎么哄啊，我自己又有谁哄呢？

她伸手拉了一下他的手指，说，在这楼里我不想和她们打交道了，我只想跟你打交道，所以我只想做这个总经理助理，你知道的，没人会比我做得好，因为我会用心去做。

她说的话，此刻在他耳朵里好像都是双关语，这让他有些心惊肉跳，因为这意味着某个结果，以他的理性他无法承诺，于是他嘟哝，如果要做这个助理，那咱们得事先交代清楚，你可不能这样子了，这样子不合适。

她敏感地抬头，说，什么样子？

其实她猜得到他的意思，他的软弱其实就体现在这儿，这也是她喜欢他的地方，他不想伤人心。虽然她也知道，这种不直接，可能最后恰恰把人心伤了。

他轻轻地摇头，依然没直接说。但她知道了，这样子每天相对不合适，也就是说，自己对他这样子的依恋心态，两人每天相处不合适，所以，如要做这个助理，自己就不能这样子，自己得走出来，这需要有言在先，才能做这个助理。

虽然他没把这个意思说透，但她懂了，他知道她懂了。他真是个有修养的人。

广场舞

【第二十三章】

这旋律是如此耳熟，一定是在哪儿听到过的。他心里突然有点紧。他搜索记忆，好像钻进一条弄堂，拼命找出口，心里渐起焦虑。

赵悦骑着自行车从街边过去，他刚随省歌舞剧院从四川演出回来。

　　他为"动漫节"开幕式配的音乐，下周就要交稿了，虽然早就写好了，但他心里没底。

　　双休日，冬阳普照，晒在背上有点暖意。这是一个对他来说意义深远的星期天，只是现在他还不知道。

　　他骑过海蓝广场时，突然听到了一句耳熟的旋律，街边车声嘈杂，但那些音符像掠过耳边的鸟雀一样，被他训练有素的耳朵抓住了。

　　是什么歌？他想。

　　一下子想不起来，但一定是在哪儿听过的。他心里突然有点紧。每逢这种时候，他都有类似的心情，好像钻进一条弄堂，拼命找出口，心里渐起焦虑。他一边骑一边侧耳。他又听到了一句。他突然惊了一下，它混在星期天的嘈杂车声中，对于他而言，是那般耳熟，"可爱，可爱"……

　　哟，是它呀。但他马上陷入了更大的迷糊：它怎么会出现在这儿的？

接着，他才想起来了那个钟点女工，挺有意思的大妈。

他飞快向前骑，现在他听明白了，这旋律来自前方的海蓝广场草坪。

他向草坪过去。他没看见有大妈跳舞。

他张大眼睛，在花坛前的小片空地上，几个小孩子在笨拙地扭屁股，一台笔记本电脑摆在一旁，在发出《你可爱》的旋律。

原来是城西幼儿园在搞亲子活动。赵悦把自行车往旁边一摆，问幼儿园阿姨，这是什么歌，哪来的？

他的语气有些生硬，阿姨奇怪地看着他，说，怎么了？

赵悦笑了笑，说，我喜欢这首歌，喜欢这些小朋友。

哦。阿姨好像在回想，嘴里说，是啊，这歌哪来的？哦，对了，这个舞蹈是一支大妈广场舞队教的，小朋友喜欢。

赵悦站在海蓝广场暖暖的冬阳里，看着面前的小孩子们蹦蹦跳跳，像笨笨的小猪宝宝，"可爱，可爱，可爱，你可爱"，他心里也阳光一片，他感觉这歌曲在屋外的效果，比工作室里更好。

阿拉伯？他突然想起那个钟点工说过的话，就笑了，她怎么会听成阿拉伯音乐的，她听过阿拉伯音乐吗？

然后赵悦离开海蓝广场，继续骑行。

环城商城门前，店家在搞促销，一堆堆运动鞋、运动衣、箱包摆在摊位上，"可爱，可爱，你可爱……"他又听到了它。这一次，他的惊讶不是又分辨出了它，而是心想：那个钟点工是不是田螺姑娘？

这一天一定是他的节日。

当他骑过宝岛眼镜店门前，心想着"得问妈妈要一下钟点工的电话，一方面感谢她，一方面叫她再来工作室搞一下卫生，她不是说要我多找她打扫几次吗"时，他接到了一个电话，是一个男生的声音，他说自己是音乐台的见习记者，电台要求他找到《你可爱》的作者，进行采访，他问，请问您是作者吗？

赵悦无法遏制心里涌上来令自己近乎迷失的喜悦，他对着手机好声好气地说，你好，记者，我是的，谢谢你，我在路上，待会儿我回到家给你打过来。

见习记者说，好的，谢谢。

赵悦赶紧问，你是怎么找到我的？

见习记者笑了一声，说，挺容易的，电台有老师是在广场上听到这歌的，我就在广场上找到了跳广场舞的大妈，问了一下，运气还不错，其中一个知道，说是一支叫"穆桂英队"的用这个音乐……

穆桂英队？赵悦骑到了工作室还在想着这个名字，确实没错，是那个钟点工，因为是我告诉她《你可爱》用了"穆桂英挂帅"的元素，她们这就叫自己"穆桂英"了？呵呵。

赵悦打电话给老妈，老妈没接，估计没听到，他知道今天老妈要去看书画展。

这时他听到了有人在按门铃。

他打开门，面前站着个很漂亮的女孩，高挑，马尾巴，一下子没认出来，他就不由自主地对她笑笑，问她是谁。

那女孩对他皱了眉，古怪地笑了一下，说，你不认识了？

这下他想起来了，是老妈那个老同学老韩家的女儿，那个儿科医生。

唔。他想，怎么了，你爸我妈又有情况了？什么情况啊？

他还没想好要不要请她进屋来，她就向他递过来一个信封，说，我妈让我交给你的。

赵悦一下子没反应过来你妈还是我妈。他说，啥？接过信封，打开一看，是一叠钱，大概一千块吧。

他更加反应不过来了，问，是你妈还是我妈？而他心里在想，我只知道你爸，哪里跑出来了个妈，干吗给我钱啊？

韩丹觉得这人真不懂人情世故，站在门口怎么说钱啊。那好，说就说吧。

她说，我妈说这是你作品的钱，她们用了你的作品，别人付她们钱了，就得给你一份。

赵悦真的糊涂了，他说，没吧，你妈搞错了吧，我不认识你妈，你上次跟我说的不是你爸的事吗？

韩丹嘴边掠过高傲的讥笑，漂亮女孩眨眼间就有自信满满的状态，她说，我今天可不愿办这事，是我妈让我来的，我妈说她从你这儿拿到了个歌，叫《你可爱》，给她们跳舞用的……

哦，是这个呀。赵悦赶紧笑起来，说，你妈是她呀，你妈怎么会是她呀，我反应不过来了。

韩丹就有些不高兴，她说，我妈怎么不是她了，难道我还骗你?！她转身就往楼下走。

赵悦跨出门来，把信封往她手里塞，说，我不要，我不要，你还给她。

韩丹推了一把他的手，人已经走下了几个台阶，她回头一笑，这男孩有点笨的，样子虽帅，但是笨的。她说，你自己去还。

我是得还给她，她怎么能给我钱，我给她还差不多。赵悦急匆匆地说，你妈干吗让你来？

韩丹嘴边的笑容使她变得更好看了，哪怕是确确实实的讥讽笑意，也让她的脸神变得更为生动了，她说，你以为我想来？我妈说如果她自己来，你不会收下的，所以非让我来。

广场舞

【第二十四章】

虽然清洁工舞队呈现了突出的商业价值，但是谁都
没想到她竟能逆袭成这样。这低微的生活多少也有
了点意外的劲儿，这可是摆在眼前的心灵鸡汤啊。

张彩凤接到了女儿韩丹的电话，说把钱给赵悦了，但那人好像是个被宠坏了的小孩，啥也不懂，这样的事情你以后再也别找我办了。

半个小时后，张彩凤接到了小伙子赵悦的电话。她听到他在说，电话号码是问妈妈要来的，为什么你要给我钱，应该我付你钱才对，是你在帮我推广呀，该我付你钱才对……

于是他俩在电话里争了一会儿到底谁该付钱给谁。张彩凤就笑了，觉得这有点傻，她说，我现在这边正忙着，钱这个事以后再说吧，反正我们舞队会继续去各处跳的，你放心，会有越来越多的人听见你的歌的。

于是赵悦这才想起来，该向这大妈好好道一声感谢才对。于是赶紧说，谢谢你，你们哪天跳的时候，我来看看。

他搁下电话，心想，她怎么会是韩丹的妈妈呢？这么说她还是那个老不要脸的老韩的前妻喽，那么她怎么又是妈妈的钟点工呢？这接下来她还是我作品的推手、贵人，这好乱啊，这是哪和哪，怎么这么乱啊。

小伙子赵悦毕竟是小伙子，他对家庭琐事缺乏想象的兴趣。

现在他要做的是，拨通音乐电台那个年轻记者的手机。

他将接受人生的第一次媒体采访。

张彩凤确实正忙着，这事对她来说，还是件大事。

原来是中国银行在通过"穆桂英队"广场舞"病毒式传播"过程中发现，除了"广场舞"之外，还可以通过PC端、移动客户端，进行视频传播、段子传播、广场舞PK等等，将运营活动向纵深推进，此外还可以举办"微型理财分享会进社区"等活动……顺着这个思路，可以做的事还有很多，也就是可以进行立体式外延拓展。

这家银行的老总是一个有创意思维的人，于是他派钱磊经理来问张彩凤：你们愿意拍视频拿到网上去播放吗？

这一问，钱经理才发现原来这支"穆桂英队"如今已被"阅读理想"文化传媒公司收编了。

张彩凤表示要请示公司老总行还是不行，当然，她自己会争取说服老总。

而中国银行这边，钱经理也在向银行高层汇报。高层说，去了解一下，"阅读理想"是一家怎样的公司，如果真的像网上介绍的那样，是一家创意文化传媒公司，那么就找他们一起做吧，这年头，做什么都讲专业化，只有专业的人才能做好专业的事，我们是做金融的，对于产品推广创意，说不定他们会有他们的新办法。

于是钱磊经理被张彩凤带去见强总。

双方聊着聊着，一拍即合。钱磊经理坐在沙发上，从强总的办公室窗户望出去，能看到对面自己单位的高楼，他笑道，也真是啊，我们两家，这么多年面对面，原先还真不了解你们是做什么的，现在知道原来是搞文创传媒的，这是我们需要的，合作合作。

然后他笑着指了指在一旁陪同的张彩凤，说，有这样卖力的员工，我们相信你们，咱就做一个战略合作方案，一揽子合作吧。

强总不动声色地说，张彩凤女士现在是我们公司总务部的副主管了。说这话时，他有种识才的得意。

钱经理冲着张彩凤点头：哟，张副主管，OK！

强总笑道，也可能在不远的将来，她还要挑更大的担子呢。

强总话里有话，并看了一眼站在一边的张彩凤。张彩凤丰腴的脸庞上没有他想象中的受宠若惊，也没有他见惯了的赵雅芝们安安们的工于心计，她是坦然的，笃定的，有种"我只是我"的本分，以及因本分而生的安宁气质。

于是，强越知道自己很快又要作出一个令所有人吃惊，不，震惊的决定。

中国银行带来的是一个大单，进账接近百万。

更大的意义是，原先与"阅读理想"文化传媒公司没什么业务往来的金融业，由此进入了公司的项目开发范畴。

随着中国银行牵手"穆桂英队"的搞笑视频上线，不少银行、保险公司找上门来。

强总的喜悦之色溢于眉宇之间。

很快，有一天他宣布了：

提拔张彩凤做总经理助理。

这惊呆了所有的人，包括张彩凤自己。

虽然这一阵子张彩凤因为中国银行等项目，频繁进出强总办公室，接受各种出人意料的创意指令，由此与强总走得比较近，虽然这一阵子"穆桂英队"呈现了更突出的商业价值……但是，她绝对没想到自己竟能逆袭成这样。

这是真的吗？

她几乎无法相信，因为她晚上做梦的时候，还梦见自己在卫生间里拖地，白色的地砖绵延成无限空间，怎么拖也拖不完。

张彩凤心里是多么高兴。她是多么想与人分享这份不可思议。她居然通过跳舞，跳烂了大街的广场舞，变成了"阅读理想"公司的总经理助理。天哪。

"穆桂英队"的老姐们也嗨翻了，除了最近她们因四处跳舞又涨了奖金之外，张彩凤逆袭这消息本身就让人兴奋，她好，她们也就好，即使她们没那么好，但看着她好，这低微的生活多少也有了点意外的劲儿，比如，可以给不好好做家庭作业的子女说说，这也是励志吧。摆在眼前的心灵鸡汤啊。

张彩凤在心里等一个人前来向她祝贺。在这楼里，这是她最在乎的人。她自己总不好意思跑到那人面前说，你看，我当总经理助理了。

她在等那个人，其实也是在等一种态度。

那人就是赵雅芝。

但赵雅芝没来。张彩凤如今不能到洗手间去撞她的点，但她确确实实在下班时分跑到了楼梯间，在四楼拐角口等过赵雅芝，但没遇到她。

赵雅芝怎么了？

我们必须理解赵雅芝复杂的心情，我们也必须理解赵雅芝是人，不是神。

赵雅芝怎么会不知道张彩凤这天雷滚滚的喜讯呢。但一个人的喜讯，有可能本身就是对另一个人的刺伤。

比如她赵雅芝在这家公司干了二十几年，至今还是一个部门副总监，而现在张彩凤居然一下子飞蹿到了前面；再比如，让张彩凤一鸣惊人的"丝绸梦园"，是赵雅芝从百帛公司拉来的项目……这些，包括张彩凤的极速提拔，按理说与张彩凤本人的意愿无关，但与赵雅芝感觉自己被公司轻视的心堵有关，于是，在心堵中，渐渐地"张彩凤"宛若成了一个符号，与她的情绪不良有关了。

"新人旧人""功利势利"这些概念缠绕在赵雅芝的脑海里，于是她感觉自己见到张彩凤时会有些尴尬，虽也知道不去向她表示祝贺不好，但就是不想去。

这样的情绪也会堆积。作为敏感的人，赵雅芝也在等张彩凤前来，陈账也被翻在心里，想当年你还是我介绍进来的，你不是觉得我是恩人吗，怎么现在整个公司的人都看见你只进进出出强总的办公室，你怎么不来我这儿坐坐，唉，来自底层的人就是这样，机会只要有一道门缝宽，都会往里钻。

赵雅芝觉得心里有些痛，她承认自己受刺激了，有那么点嫉妒，而且这嫉妒还包括奇怪的心理，因为她发现自己在许多瞬间嫉妒的是张彩凤现在只往强总办公室跑，人一得意就疏远故友了。

广场舞

【第二十五章】

一个人考虑问题的时候，往往取决于那个瞬息他站在哪一个侧面。现在她发现自己站在一个以前没站过的视点上，于是她向昔日的对手轻声呼唤……

安安先去强总办公室，装作是来交一份预算报告，她无声地坐了一会儿，盯着强总不自在的脸神，啥都没说，忍着泪，然后回来，躲在卫生间里哭泣。

她想，他居然选择了那个清洁工做他的助理，这是对我的污辱。我知道他为什么这么做。这是对我下了一记封堵棋，让我远离他，让我死了心。让他自己好办。

她好像看到了他皱着眉，在对她说，你看，我也找好了助理啦，虽然你也合适，但不妥，不是工作方面不妥，而是你的情感状态不妥，好啦，好啦，这样会冷静一些，慢慢地让自己过去，既然你明白了，我也不多说了，我用这样的方式让你明白我的意思，不好意思啊……

安安泪如雨下，心里又愤怒又软弱，虽然有几个瞬息她承认他做得没错，符合理性，要不又能怎么样呢，若要有尊严，现在撤是最好的结果，但安安的不舒服是，这样的方式仍然是对她的伤害，是无视她的用心，尤其是当一个人管不住自己的心的时候，其实是无辜的，你怎么可以这样？这让她感觉自己走近去看到了他的真正嘴脸，个人中心，冷酷。

现在在卫生间里哭，你不用担心遇到张彩凤，因为张彩凤如今坐在强总隔壁的总经办。

正在安安哭得花容失色的时候，隔板外面站着赵雅芝。她用低沉的声音劝道：小安，你出来。

赵雅芝说，别哭了，你这一哭，办公室里的人还以为你是因为我呢。

赵雅芝说得一点没错，设计部里的人都知道安安最近想去总经办，因为安安放出风声：我看着人家"大牌"的脸色，心里也很难受，想一想也是，人家都做到那么资深了，不容易，谁对自己没个指望，人家都干了这么多年了，还是我走吧，该让她当这个总监的，我走了，我真的想走了。

赵雅芝在心里对此不屑一顾，作为一个敏感的女人，她的眼睛雪一般亮，她在心里说，切，你走不走的，扯我干吗，我承认我是给你压力了，但客观上那也是对你有好处的，有压力才能快速成长，你要走，那是你的事，你还真把自己说成雷锋发扬风格了，你以为我就不知道你怎么那么想去那儿，还不是冲着他去。

她在心里说，没什么意思的，没什么结果的，像你这么聪明的人，这一点都看不出来。

而现在，赵雅芝站在卫生间的隔间外，叫安安出来，别哭了。

这看起来有些怪，但其实同样合乎情理。因为首先安安没去成总经办，这失落多少不会让人太心硬，包括赵雅芝；其次，安安想去那边，赵雅芝虽然在心里认为与自己无关，但理性地想，她也承认自己的脾气让对方受不了，另外，她想去，也多少有点不和自己争这个总监的念头……一个人考虑问题的时候，往往取决于那个瞬息他站在哪一个侧面，现在赵雅芝发现自己站在一个以前没站过的视点上。于是她向里面的安安呼唤。

给她这么一唤，安安更是泣不成声。一个人的委屈有时需要周围的呼应和渲染。

她变得更为剧烈地伤心，也加深了门外赵雅芝心里的失落，她想，如果安安真去成了总经办，那么自己也不会和张彩凤比了，如果她去成了那里，自己每天上班也就没她这个对立面了，彼此都会轻松一些……因此赵雅芝对楼上的强总充满了埋怨。

于是赵雅芝低声劝安安，别伤心，会过去的，人都会有这样一个阅历，快点出来吧，我说的是你的心快点出来吧，别沉迷，我看得懂的，那不会有什么好的，有什么好呢，我这一辈子你也看到了，没有落点有什么好呢，你现在还来得及，对于不该浪费时间的人，在他身上多花一秒钟都别愿意，没什么意思的，你也看到了吧，看清楚了吧，男人这样子的方式，已经是最理性了，女人沉迷了就输了，你现在还来得及，赶紧赶紧，出来，出来。

赵雅芝说着说着，都不知道自己是劝她的心从单恋中出来，还是人从厕所里出来。就一语双关吧。

相信安安听得懂。

安安当然听得懂。她出来的时候，已经收拾好了自己，像所有利落的、干练的上海女孩子。

于是接下来，设计部的同事们看到了令人脑子短路的一幕："大牌"赵雅芝与代理总监"酷女"安安，彼此挽着，走进了办公室。

广场舞

【第二十六章】

人的处境是会变的，人与人交往的姿态也是会变的。人越酷的时候其实越脆弱。为什么彼此心里要相互折磨？

星期天，赵雅芝在家看书，有人按门铃。

她开门一看，愣住了，是张彩凤。

张彩凤穿着平时来这儿做钟点工的旧衣服，笑着。

赵雅芝说，啊？你？

张彩凤说，早上去跳舞了，赶回来晚了一点，晚了半个钟头，今天就扣半个钟头的钱吧。

赵雅芝心里滚过惊愕的波浪，她站在门口，两手扶着门框，没让这钟点工进门。她轻轻笑道，现在可不行，不行不行。

张彩凤知道赵雅芝在想什么，今天她过来也是想热络一下，消融消融，虽然彼此这些天啥都没说，但她隐约知道这赵老师对自己有些犯酸，人嘛，谁不会受刺激，哪怕是朋友，换了自己的话，可能程度更重呢。

张彩凤笑道，反正顺手呀。

赵雅芝尽力让自己脸上的表情呈现优雅，以此克制紊乱的情绪，她说，你现在是公司领导了，你再这样的话，那我也该去你家做钟点工了。

张彩凤摇头笑道，赵老师，我做惯了，反正顺手呀，帮你搞卫生，我很高兴的，以前不也来做吗，我和以前还不是一样的呀，你呀。

　　赵雅芝微微皱眉，看着走廊上方的灯盏，说，人是会变的，我说的是人的处境是会变的，以前合适，换了处境，就不合适了，我说的是真话，你现在做这个，不考虑你自己，那也得考虑公司的形象，包括我的心理呀。

　　张彩凤脸上的笑就有些僵，她嘟哝，不说这个，不说这个，就给你家搞一下卫生，钱我照收的呀。

　　赵雅芝轻轻扬眉，说，钱？那我怎么出钱呢，你看看，我怎么给领导付钱呢，这不成乱线团了？

　　张彩凤依然无法进屋，因为赵雅芝还站在门口。她有些难堪了，她说，既然我来了，那就最后做一次。

　　赵雅芝感觉眼泪都要涌出来了，其实人越酷的时候心里越脆弱，现在赵雅芝感觉自己简直要疯了，怎么遇到这么个执着的女人，她顾及别人的感受吗，她以这样的方式来表达她的境界，或者以这样的方式来给自己以前的处境收尾，"你看，我没一得志就不辞而别吧，我不是还是原来的我吗，是你们不让我做回原来的我啊"，算她精明。

　　赵雅芝说，我今天要出去上课，我现在就要出去了，真的，没时间请您做家务了，谢谢，谢谢啦。

　　于是，张彩凤只能告辞，她心里也在伤痛，她想，为什么要相互折磨呢。她知道这是相互折磨。

　　她回想着刚才赵雅芝看着走廊里那盏灯的脸神，骨子里隐约着神气、高傲和看不起。

　　是的，她看不起。这么想着，张彩凤心里拥堵。是的，看不起，我怎么样他们都看不起。她瞅了一眼自己手里的小扫帚和抹布，面前是车辆飞驰的大街。她心想，这是我的本行，谁知道那个助理我能做多久呢，而这才是我吃饭的家伙，有这个底，我还怕什么，做什么都不怕。

广场舞

【第二十七章】

我的地盘我做主？对跳舞的人来说，哪有这么轻易
啊。跳舞地盘是要抢占，要PK，要哀求的。

每逢双休日，"穆桂英队"在这座城市里四处起舞，她们将《你可爱》舞得更加娴熟泼辣，而这首韵味奇特的歌曲也已在街头巷尾流传开了。到岁末的时候，这支歌不仅在"动漫节"开幕式上闪亮登场，并且还登上了媒体的各种年度音乐榜单。

　　但光有《你可爱》这么一个拿手节目，对于一支要实现商业传播价值的舞队来说，显然是不够的。

　　曲目好说，再向赵悦要吧。

　　张彩凤给小伙子打电话。小伙子说，来吧，到我工作室来，歌嘛，要多少，有多少，你们挑好了。

　　结果张彩凤就带着清洁工具去了。好久没来，工作室又乱成一团了。于是，一切与上次一样，一个趴在地上搞卫生，一个趴在电脑上把音乐放得震天响。他们在说，这个呢，你听下，要不这个？这个不错，这个太柔……

　　张彩凤中意的都是节奏强烈的。她说，我们干粗活的，喜欢爽一点的。

　　赵悦说，明白，你下次来，我专门写一曲。

　　"我地盘"，张彩凤不知脑袋里为什么突然蹦出了这个词，她说，下次写一首，最好叫"我地盘"。

也可能跳舞的人，最关心的就是有没有地盘，去哪个地盘上跳。

赵悦心想这大妈还算潮，嘴里就说，好，我的地盘我做主，蛮帅的。

还做主呢。张彩凤心想，地盘的事要抢占，要PK，要哀求。她抬头看了一眼那年轻的背影，说，好，帅一点。

张彩凤走的时候，带走了一个U盘，里面拷了赵悦的三首新作。

赵悦把U盘递给钟点工大妈的时候，还递过来了她在这儿搞卫生的八十块工钱，然后，再递过来一个信封，就是上次韩丹带来的那个。

张彩凤收下了工钱，但拼命推信封，说，这本来就是你的，这钱本来也就是别人给的，音乐是你的，就有你的份。

赵悦显然不擅长和一个大妈推来推来，但他态度坚决，他说，是你的，不是我的，按理说，这也是你的工钱，因为你在帮《你可爱》做市场，我该付你钱才对，已经很不好意思了。

张彩凤看出这小伙子铁定了主意，就摇头笑道，好吧好吧，要不，就先留在我这儿吧，作为以后推广作品的经费吧，呵，不是说众筹、众筹模式吗，那咱也众筹一下，包装个音乐家，以后分吧。

赵悦朗声而笑。

呵，她也知道众筹。可见妈说得没错。

于是他就说，我妈昨天告诉我了，你超励志的，让我学学你们的意志力，其实她不说，我也明白，那首歌如果不是你们这种扫街式推广，怎么可能红呢？所以啊，不管咱是不是众筹，不管最后红不红，这钱就当是向"穆桂英队"学的学费吧。

张彩凤脸上笑意明亮，她摆手说，你妈说的？你妈这么说？其实我们也没专门推歌呀，跳舞健身为主，嗨，小伙子，你别跟你妈说我来帮你搞卫生了，大妈是顺便的，赚点钱也好。

张彩凤说得没错，地盘的事，哪有自己能轻易做主的。这不，伴奏音乐解决了，练舞的地盘又有了纷争。

随着"穆桂英队"接的活越来越多，总不能总靠早晨在中国银行门前那一小时的练舞时间吧，再说进入秋冬，风雨天增多，比如最近连续下了几天雨，舞队停练了。

于是哪天早晨没练，舞队的老姐们就感觉心里的念想浮上来。而中午时分，从五楼多功能厅传来的音乐声，更是像毛毛虫一样钻进心里，蠢动着。她们知道，这是陈芳菲赵雅芝这些白领们在练舞。

"穆桂英队"的姐妹们把期待的视线投向了总经理助理张彩凤。张彩凤懂她们的意思，她感觉这事如今火候已到，与两个月前相比，如今境况是大不同了，该提出来了，应该是合理的。

于是张彩凤先找了工会主席陈芳菲，她说了自己的想法和姐妹们的希望，怕陈芳菲不同意，她又加了一句：要不，陈主席，先给我们一次机会，让我们在多功能厅跳一次，你们各位老师看看我们跳得够不够好，是否也有资格在后场一起跳，我们的要求不高，只要能在后场让我们跟着一起跳，就行。

陈芳菲想起上次她们在门口张望被自己回绝的情景，觉得现在马上转口答应，有点别扭，就说，可能有点问题，因为我们要参加省级比赛，训练是第一位的。

于是张彩凤在考虑了一天之后，去找强总，说这样刮风下雨，"穆桂英队"已经好几天没训练了，毕竟不是专业的，毕竟是大妈了，即使是专业的，一天不练自己知道，三天不练观众知道，所以想请强总帮助一下，能让"穆桂英队"在中午时也去五楼多功能厅练一下，这也是工作的需要，现在"穆桂英队"是公司旗下的产品，确实是工作需要。

其实张彩凤还没把上述意思讲完，强总已经明白她在说什么了，于是赶紧打电话，让工会主席陈芳菲上来。

陈芳菲微皱着眉头听完了强总的话，她没马上表示行还是不行，她说，要去问问舞蹈小组的赵雅芝、李艺、钱霞飞、闻凯丽她们。

然后她就下楼来。她的心情是复杂的。原本，就如今清洁工大妈舞队的红火劲儿，让她们进来一起跳也没什么，但两个月前那么坚决地拒绝了她们，现在让她们进来，好像自己这方输了一样。天哪，居然输给她们了。

陈芳菲这么想着，心里就有较劲般的不舒服。她想到那些清洁工大妈多半也会想到这点，并且由此而心情舒畅，她就纠结。

果然，李艺她们听闻此事，都跳了起来。

李艺说，这怎么行？到底是谁贡献大，在这么个公司里？我要给我哥打电话。

谁都知道李艺的哥是省长秘书，她动不动会给他哥打电话，当然也因为她哥给公司办过一些事。

在李艺为这鸡毛蒜皮的事找她哥的过程中，陈芳菲把这事拖了两天。第三天上午，白领辣妈钱霞飞在走廊里堵住张彩凤说，我知道你们想跳舞，本来这也没什么，但我们两类人在一起跳，会显得很怪，音乐不搭，风格不搭，当然，怪也没什么问题，都什么年代了，人应该讲平等，但我们马上要去比赛了，是全省企业文化建设比赛，这是体现企业社会效益的事，比经济效益还重要，所以现在只能这样，对你们说声sorry。

张彩凤听不太懂她话里的社会效益、经济效益是否有所指，就笑着说，我们跳得不错的，你们就让我们试一次吧，看看双方是不是真的很不搭调，是不是真的影响你们排练了，说不定我们还能给你们比赛出点主意呢。

钱霞飞咯咯笑道，有意思，有意思，可是我们不是街头风呀。

强总知道了两群女人在为跳舞的地盘闹别扭。

今天他桌上的晚报上也正好有一则类似的社会新闻：本市两支大妈舞队，为争抢广场舞地盘，PK了一整夜舞蹈，吓呆了周围居民，惊动了警察。

强总叹了一口气，心想，这种事，要么PK技艺，要么武力抢占，最搞不灵清的是我们这楼里的这类女人，要我表态，我他妈的，这种娘们儿的事还要我表态。

于是聪明如他，一个电话把陈芳菲李艺钱霞飞三个人，以及张彩凤李招娣王菊香三个人叫到自己的办公室，三对三，让她们自己表态、自己商量。

六个中年女人坐在强总的办公室里，强总的眼睛看着窗外，从这里能看到对面的高楼，看到奔流不息的马路，看到楼下的绿地小广场。这么一看，心烦意乱的情绪又浓重地堆上来，妈呀，在本世纪第二个十年，我可能真的要跟什么劳什子的舞蹈扯上关系了，这绿地小广场引出的纷争，至今还没平息，报上隔三差五就来那么一篇报道，土管局已经来电话通知了，下周二要我过去，他们也扛不住了。唉，靠，这城市里的女人是不是到这个年纪又都嗲起来了，多可笑啊，唉，当然，咱"穆桂英队"倒是借了这个潮流……

强总让她们商量，她们就在这屋子里各抒己见，强总心里显然偏向"穆桂英队"，不就是跳跳舞吗，有什么了不得的，街上那么多队伍，难道每一支都要划分条线，分分你是什么出身什么阶层吗？

他没把这话说出来，是因为她们是女人，而且是大妈，每当他看她们缠不清的样子，烦都烦死了。

看得出来，"穆桂英队"在斗嘴中，败象明显，她们哪说得过那些知识女性哪。

强总去外面抽了一支烟，回来说，怎么还没商量好，那么，投票吧，看看你们投票的结果如何？

李艺嘟哝，投票还不一样，三对三，不可能有什么结果，还是强总你定吧。

我定？强总皱了一下眉，我男的，不懂这些呀。

正这么说着，门推开了，进来的是安安和赵雅芝，她们来汇报三季度广告形势调研结果。现在，安安如有什么事需要汇报，总是带一个同事过来，她以这样的方式表达自己对某人的远离。

强总看见她俩，眼睛一亮，指了一下她俩，说，这不有了吗，她们是我们这儿最文艺的，让她们参与评判，她们会更多地站在艺术、站在舞蹈角度看这个事，你们看好不好？强总问那六个坐在沙发上的人。

六个人看了赵雅芝安安一眼。

没想到，双方都爽快地点头了。

其实他们都打了自己的算盘。陈芳菲们首先看到的是赵雅芝，赵雅芝是自己队伍里的人马，当然会站在自己这边，她那高不可攀的样子，怎么可能偏向清洁工一边呢？而安安呢，那更是保险了，她平时说这个农民那个土的，怎么会投同意票呢？

于是陈芳菲们赶紧点头让这两人参与表态。

而张彩凤们首先看到的也是赵雅芝，张彩凤知道赵雅芝现在虽跟自己有点莫名的尴尬，但她心里是在乎自己的，这自己知道，所以她不会不答应，而她"穆桂英队"的同伴们也知道这个赵老师与张彩凤有点交情，否则彩凤不可能为"丝绸梦园"这么卖力；而那个安安，看上去是大大咧咧的人，这楼里谁都看出来了她和办公室里的老女人们是混不到一起去的，只要她喜欢的就是她们反对的，只要是她们反对的就是她喜欢的，所以她不可能顶她们……

于是投票。

结果，是五票不同意，三票同意。

强总对着那一小堆打着×和√的小纸片，笑着打了个圆场，呵呵，这样吧，也不是多大的事，只不过是跳跳舞嘛，我看啊，现在要冲刺全省企业文化大赛，排练任务紧迫，等比赛完了，这场地怎么用明年再说，大家好说的。

每个人都有每个人的心思，所以你就别猜别人到底是怎样的用意，你猜不明白，是因为每个人都站在他自己的角度。

比如，清洁工对安安的判断没错，但有一点最致命的，是她们不知道的——安安一向对张彩凤"穆桂英队"的俗路子推广十分鄙视。另外，难道你忘了，最初就是她说的，这楼里都被大妈们跳出了"酱油分分的味道"。

那么赵雅芝又在想什么，让她投了反对票？

张彩凤发现，现在自己的悲伤与跳舞无关，只与赵雅芝有关。

她想，她看不起我们，她还是看不起我们的。

虽然她也明白，赵雅芝为什么要看得起自己，别人没有这个义务。但她不愿意去接受，因为这一年曾经走得那么近。

那样得近，曾经是她在这楼里的安慰。

张彩凤坐在楼梯间的台阶上低声抽泣，在这楼里她从来没有这样哭泣，她只见过这公司里的那些大娘子、中娘子、小娘子这样哭哭啼啼。

后来张彩凤抬起头，发现"穆桂英队"的好多老姐们围在自己的周围。她们说，不干了。

是的，她们中的不少人觉得憋气，说，辞职，不在这儿做了。

"阅读理想"文化传媒公司的清洁工们真的集体辞职了。

这是前所未有的。

但也没什么意料之外。这年头，大学生找工作难，但女民工的活儿是越来越没人干了，所以怕什么，当女民工的活儿越来越没人干的时候，女民工就是稀缺资源，怕什么呀，到哪儿都找得到拖地、扫街的活儿，辞，在这公司里咱又干体力活，又为它去跳舞，现在还被摆上桌面似地被人看不起，那还不走啊，走。

这下可乱了。

一下子到哪儿去找那么多清洁工？

于是，工会主席陈芳菲被派来做思想工作。陈芳菲看她们自摔饭碗的倔样，心里又惶恐又后悔，她想，这怎么办，我们这是怎么了，不就是跳舞吗，有这么严重吗？

她说，别走，别走，你们家里人知道吗，你们没活干，怎么过日子啊？

"穆桂英"们理都没理她。

广场舞

【第二十八章】

她们的灵巧身影，让她想到了那个广场舞的古怪队列，于是朦胧中晃眼过去，这图纸上的线条，那曾经苦思冥想而不得的线条就浮到了半空中，在她眼前跳起来了。

当一家公司鸡毛起舞的时候，总是状况迭出，祸不单行，万丈烦恼。

此刻，强总等一班公司中高层人士，哪顾得上什么清洁工们闹辞职了，他们脸色严峻地楼上楼下窜动，赵雅芝安安那边也鸡飞狗跳了，而且事态严重。

你看见"大江南"了吗？

没啊？是什么？

一张规划图。

一张文创娱乐园整体设计规划图。不见了。

……

安安都哭出来了。她明明记得上周它还在自己的桌上，自己对着它上面的线条和数字核对了一遍又一遍。怎么就不翼而飞了呢？

她问赵雅芝，你后来拿过吗？

赵雅芝说，你不是让我修改一下中心区的外形风格吗，我怎么改自己都不满意，但时间紧，也就作罢了，直接交给你了，我看见你放在桌上，但我没再动它，因为没更好的思路了，改不了了，所以我没再动过它……

安安嘟哝，我记得把它放在桌上，靠近里面这边。

赵雅芝说，是的，安安，我看见你把它放在靠近传真机的地方。那天，你桌上的花瓶里插着淡黄百合外加薰衣草，你记得吗，当时我还夸你，这花插得有禅意……

记得，记得，你是那么说的，还提到《一花一世界》那本书的装帧设计。我就放在办公桌上了，我还趴着一遍遍核对数据和线条，因为没更好的思路，改不了了，所以没再动过它……

那它去哪儿了？

安安脸色惨白，赵雅芝的脸色也好不到哪里去。因为她俩都知道这份图纸的重要性。原本的设计是花高价邀请了瑞典团队完成的，"阅读理想"文化传媒公司只作了些适合中国人视觉习惯的调整。这样一张图纸和文案，因关涉创意，所以有保密要求。而看似精明的安安对待工作上其实是粗心大意的，尤其当张彩凤被提拔为总经理助理后。

那家公司是"阅读理想"的核心业务合作伙伴，还有日资背景，日本人从来都是一丝不苟的，所以他们前天没拿到图纸，昨天得知事情真相，今天早上就发来传真表示了异议：如果找不到，就撤单，并以商业机密走漏为名，准备打官司。

强总看着那份冷冰冰的传真件，急坏了！但努力保持着头脑清醒，他让一众人赶紧去找：满楼给我找。

随后他找来了赵雅芝和其他几位设计师，说，那个"大江南"图纸和文案，你们改了一稿又一稿，总有各种初稿、草稿吧，你们给我拿过来。

众人瞅着这头发直竖的老大，说，按合同规定，为了保密，每改一稿就销毁了前一稿。

强总的手指在桌面上飞快地点着，"咚咚咚"。在"咚咚"声中，安安在抽泣。强总说，印象呢，你们总有印象吧，给我连夜回忆，把它还原出来，这样即使找不到终稿，如果能还原它，也多少能消消别人的气。

于是赵雅芝赶紧带上几位年轻人，冲回办公室，开工回忆。

赵雅芝一边在纸上画着，一边问安安，你再想想看，你把它放哪儿了？

安安抱着脑袋，说，想不起来，想不起来，你就别问我了，想不起来。

她现在的状态是真乱了，没法干活了。于是赵雅芝让她坐到沙发上，让她安静一会儿。

但安安没法安静，她低声地哭泣，影响了赵雅芝集中心思回忆那张图，于是赵雅芝走过去给她倒了一杯水，让她别急，赵雅芝说，信我吧，找得到的，再说，姐的脑袋好使，记性好，别慌。然后赵雅芝拿着一叠白纸从乱哄哄的办公室里出来，坐到了走廊顶头休闲区的一张红色沙发上，开始埋头画起来。

老同学老韩的电话这时候打过来了。赵雅芝心不在焉地接听，说，什么事？我正焦头烂额呢！

韩霆振说，什么事能让你焦头烂额？我不太相信。呵呵，这个星期天你有没有时间，我们一起去……

赵雅芝说，别说这个了，现在这一刻我们整个公司都乱套了！

于是韩霆振就问，是吗？

是！赵雅芝告诉韩霆振，公司设计部闯大祸了！

她语速飞快，三下五除二，把图纸丢失外加日资公司要起诉的事情原委说了个小葱拌豆腐。

她问老韩是不是可以找人做做那家公司的工作。她说"大江南"文案一定不会外泄的，只是一时找不到了，我们在找呢，请他们不要急着打官司，否则对我们公司的影响太大，"阅读理想"准备上市呢。

老韩说，好，我去做做工作，但你们还是抓紧找到它，相信对方不放心是有不放心的理由的。

张彩凤站在走廊上，她一直注视着休闲区。后来，她走过去，站到了红色沙发一旁。她看着赵雅芝埋头疾书疾画的背影，这背影看上去虽然消瘦，但是透着要强。要强，是的没错，确实是要强。但在此刻张彩凤的眼里，她还是看到了它隐约透出来的脆弱和忧愁。

张彩凤也要走了。那些朝夕相处的清洁工姐妹们都要走了，她怎么能不走呢？事实上也是，她们走了，"穆桂英队"散了，她留着也没有价值和意义了。她已经做好了离去的准备。尽管，她不太清楚辞去总经理助理和清洁工辞职有多大区别，但相比较于义气，她似乎更不介意总经理助理这样的称谓。

张彩凤写了辞职报告。她喜欢快刀斩乱麻。在离开公司之前，她决定还是来当面告诉赵雅芝一声，毕竟自己最初能来这儿，能有那份让自己心安的清洁工工作，是赵雅芝介绍的；毕竟在这里的时日里，心里惦记最多的还是她，尤其当惦记成了一种习惯，张彩凤常常由此感到温暖。

赵雅芝感觉到了身后有人，回头，看见了，是张彩凤。

赵雅芝微微笑了一下，点点头，然后，向她指了指茶几上的图纸，意思是我正忙着。

张彩凤犹豫着，说自己是来告别的，要离开这里了，可能明后天就不来了。

赵雅芝说，我听说了，但没顾得上，因为我也遇事了！

张彩凤瞟了一眼茶几上的图纸。很少出现在她眉宇间的忧愁表情，让赵雅芝不得不问，为什么突然要走了，你不是升职了吗，要知道这是很难的。

张彩凤说，这里让姐妹们活得透不过气来，我也一样，别看我当了总经理助理，这里还是清洁工。她指指心脏的位置。

赵雅芝脸就红了，她说，你是为跳舞争吵的事吗？

张彩凤的脸也红了，说，也不全是。她心想，多少与你也有点关系。

赵雅芝站起来，嘟哝，如果知道你们会有那么大的反应，我就投你们一票，但我哪知道啊，对不起，我没投你们票，是因为我明白了这没什么意思，越绕进去越没意思，这一阵我明白了，如果你在乎什么，你就会越来越较劲什么，这太累也太没有意义，我真的就是这么想的。有时候，对于什么早撒手早不在乎自己就能放下，很多东西不是随我们的。好像你自己也曾经这样劝过我。我投反对票，也是一念之间，感觉你们别搅进去，一时高兴了但更多新的不称心就会来的，这楼里，其实你是最明白我的。

张彩凤心里一愣，赵雅芝的意思自己都明白，甚至可能比她更明白，这是因为那么多年来自己的位置低，所以容易明白。日子就是这样的，但有时候，好像一口气上来了又憋不住了，尤其最近，难道是跳"穆桂英"的关系，唉，反正不管了，什么时候什么位置什么感觉，都有它们的道理，别让自己心里不好受才是硬道理，赵老师好歹是这楼里曾对自己好的人，她不投我们的票，原来她是这么想的，管它是不是真的，就当是真的好了。

这么想着，张彩凤愣愣地看着赵雅芝，心里突然有不舍。她说，赵老师，以后双休日我还去帮你搞卫生，这钱我要赚的。

张彩凤的表情以及这番话，突然让赵雅芝想哭。赵雅芝心想，我和她较什么劲！她对我是真心好，她现在都不当助理了，你总该满意了吧。这么想，心里竟特别难过起来，对自己有些赌气。

伤感在空气里流动。但张彩凤和赵雅芝其实都是很要强的人，她们可不能让对方看出来自己快要不行了，所以她们迅速转移话题。张彩凤问，你刚才说你遇到事了，遇到什么事了？

赵雅芝告诉她那卷图纸和文案不见了，不知丢到哪儿了，我是经手人之一，这可就说不清了！

张彩凤听着，突然眉毛一扬。她决定在离开前，再帮赵老师一把。她说，我帮你找，这楼里的每个角落，没人比我更熟悉。

于是她飞快下楼，对那些正收拾东西、准备离去的清洁工姐妹们说，阿姐阿妹，帮个忙，注意，这不是帮公司，而是帮助我的一个朋友，在这公司里唯一一个需要我、在乎我帮助的朋友。

"穆桂英"们像狂风一样，冲荡在这写字楼的每一层、每一个角落，搜寻那卷"大江南"。

即使像赵雅芝那样埋首于自己工作中的人们，也能感受到因为那些搜查者一闪而过的匆匆身影，而使这楼突然间充满了流动、火急乃至摇晃起来的感觉。

偶尔赵雅芝抬起头来，透过落地窗，透过走廊，透过透明电梯，能看到那些影影绰绰，像蜜蜂一样穿梭的人，那些高矮胖瘦各不同的大妈们。她知道她们因她面前的这张纸上正在还原的图形而来，她还知道她们明天就将从这里消失，她想起了曾经见过的她们那个狂辣的舞蹈，"可爱，可爱，可爱……"她现在已经知道这是儿子赵悦的作曲。人人都在过日子，你知道那样一个穿梭中的小人物她在忧愁什么欢喜什么操心什么。赵雅芝被多愁善感笼罩，她是多么舍不得一些什么东西，她一下子分辨不清那是什么，但它确确实实浮在眼前的空气里，让她依恋。她面前的这张草图在告诉她得赶紧静下心来，把那些线条还原出来，哦，对了，这些线条自己原本就不是太满意，想了好多天也没想出更合适的，当时强总、安安让自己改了多遍，改不了，就作罢了，真的是不太满意。赵雅芝视线散乱地看着面前的图纸和对面走道上、透明电梯里那些像蜜蜂飞旋的身影，她们的灵巧身影让她一次次想到了那个广场舞《你可爱》的古怪队列，"Z"字形。她的耳畔在响着儿子的旋律。于是朦胧中晃眼过去，这纸上的线条，那曾经苦思冥想而不得的线条就浮到了半空中，在她眼前跳起来了。

于是，赵雅芝真的跳起来了，她找到了"Z"形线条，一条完美的、灵气逼人的线，它让整个"大江南"中心区牛B闪闪了。

清洁工们每天擦遍这楼里的许多个角落。

在这楼里，全世界没有哪支搜索队能与她们争锋。

张彩凤和老姐妹们，在经过对无数间办公室的闯门而入，以及翻箱倒柜之后，这里放眼过去，就像发生了一场暴力抢劫。

而她们，也终于在强总办公室里找到了那致命的东西——"大江南"图纸。

这时安安才想起来，原来星期一上午带着它去过强总办公室，想作一下汇报，由于当时赵雅芝不在办公室，其他几个人正在赶活，所以安安只好自己一个人上去了。

一个人上去，就会有与情绪起伏相关的言语发生，虽然最近这一阵子她刻意摆明了自己对依恋的远离，但当她和强总独处时，她还是多愁善感了，并暗自使了点小姐性子，不知聊到了什么，高度敏感的内心被刺伤了，她就咬着嘴唇，突然转身而去，心想，你对我又不好，从来不好。

于是她把那卷"大江南"忘在了沙发扶手上，因是圆筒状，它就滚到了沙发下面。

而强总光注意到了她的不开心，在猜她又怎么了，而没注意到它。

这边张彩凤们找到了"大江南",那边赵雅芝也终于还原了图纸。

两张"大江南"一对照,虽然还原的那张有些出入,但已经够了不得了,尤其是这还原稿中,竟有神来之笔,那个"Z"形线。

广场舞

【第二十九章】

当低微者仰起头，其舞蹈也穿越壁垒，迈入一个拥有尊严的空间。

现在，强总对清洁工大妈们简直要下跪感谢了。

他站在走廊上，一边擦汗，一边大声宣布："穆桂英"们，每人奖二百块。

张彩凤说，姐妹们都要走人了，奖有什么用？

强总愣了一下，说，怎么，还走人？别走！

他指着老严、赵雅芝、安安说，你们还不赶紧帮我留人，把她们给我留下。

有人在一旁说，人家的要求你又没答应。

于是场面就变得热闹而搞笑起来。强总醒悟过来，像鸡啄米似的点头：

答应，答应，答应，我答应，我代表公司答应你们，五楼多功能厅，去跳吧。

强总说完，转脸在人群中寻找陈芳菲，他看见她了，他大声说，喂，陈老师，你们看呢？

人家都立这样的功了，还怎么说得出口不同意呢。陈芳菲脸红了，心想，你干吗把注意力引到我这边来呢？

她说，没意见，没意见。

第二天中午，是"阅读理想"文化传媒公司的重要时刻。

虽然事先谁都没说起，但当张彩凤和"穆桂英队"的姐妹们结伴走进五楼多功能厅时，她们吃惊地发现公司里的好多人都等在这里，包括强总，以及从来不跳舞的安安等70、80、90后。

强总向她们挥挥手。

好多人都冲着她们说，我们是来看热闹的。

而张彩凤心里知道，他们是来压阵的，类似保驾护航的，生怕这些娘们儿昨天还是好好答应的，今天相互瞅着不顺眼，又闹起性子来，那可真的要烦死人了。

好吧，以后怎么样不知道，以后是否互相瞧不上，现在也管不了，过好每一天吧，现在好好跳一下，乐一下，让他们也好好瞧瞧吧。说真的，在外面"穆桂英队"名气日隆，而在这公司里还没几个人主动来捧过场呢。反正中国各单位大都如此，没什么想不通的。那现在就卖力跳吧，惊艳他们。

音乐响起来了。

"暖暖的午后闪过一片片粉红的衣裳，谁也载不走那扇古老的窗，玲珑少年在岸上守候一生的时光，为何没能做个你盼望的新娘……"

是即将参加"全省企业文化建设大赛"的《梦里水乡》。陈芳菲赵雅芝们把自己的手臂摆成了江南河岸边的垂柳，在风中摇啊摇，她们踮着脚尖，像少女一样移动小碎步，她们的脸上是少女般的娇羞……她们走在春天的水乡，她们重返了少女时光。围观者看她们娇柔成这样，脸上都憋着笑的表情，啊哟，好嗲好嗲。然后，有人开始惊讶了，呵，可见练习是有用的，这些上了年纪的女人腰身还挺灵巧呢，呵呵，你看赵老师的眼光，含情脉脉呢。

一曲舞罢，七个女人下来了，对着这一屋子人笑道，啊哟，说什么坏话了，我听见了，强总你交代。

在这边嬉笑声中，那边《你可爱》的旋律上来了，像一道明亮的阳光，打到了棕黄色的地板上，节奏强劲，让围观者中的年轻人想蹦迪。呵，有几位还真的站起来，抖着脚，摆起双手来了。

"可爱，可爱，可爱，你可爱……"张彩凤们上场了。她们挥动手臂，生猛刚劲，像一排刷子，正齐齐地刷着玻璃窗，从你面前过去，然后一个转身，刷子消失了，是举过头顶的双手，掀起波浪状。这时旋律有一个突转，"辕门外三声炮响似雷震"。"穆桂英"们散开，队列变化。她们动作泼辣，来了个挺胸缩腹，风骚妖媚。旁观的都笑了。于是在笑声中，大妈们开始了颠覆性的、最火爆的一段，她们像玩穿越岁月的女巫，一会儿少女状，一会儿小媳妇状，一会儿麻辣姑婆状，肢体语言夸张，大闹场子，空气中像有一团火，开始燃烧起来，旁观者中的几位年轻人在激烈地蹦迪了。"Z"形线，"Z"形线，赵雅芝失声叫起来。纷乱中有隐性的统一和节奏。这番古怪、劲猛，把陈芳菲安安们看呆看傻了。

五楼多功能厅里，许多人在说，难怪名声在外啊，这舞，如果拿出去参赛，一定把别的公司给震翻在地。

所有的人都在说《你可爱》。先前的那些"柳枝少女"们感觉到了边缘，唉，有人的地方都有PK，如果你在意，分分钟都有，但想得明白就行，谁能永远红呢。再说了，她们中的多数人也是第一次看这个"穆桂英"，也都被震得余魂未定，呵，没想到这广场舞原来是这个样子的，这年头谁都有可能吓人一跳。

在叽喳声浪中，张彩凤们擦着脸上的汗水，赶紧摆手，告诉他们：比赛是你们的事，我们只想借你们平时中午跳舞的时候，也在这儿练练，反正这场子后半块地儿也是空着的。

强总是个多么聪明的人，旁观者的七嘴八舌，让他心里明白。

他对工会主席陈芳菲说，大家的建议有理，这"穆桂英"拿出去比赛，一定很绝，陈老师，你看看，是不是加入你们那个节目呢？我看，是要加进去才好，我们需要得奖。

强总这么说了，陈芳菲当然点头，并且作为工会主席，她也希望得奖。

于是她着手将两个广场舞进行混编，她的设想是将"知识女性"与"清洁女工"分成上下两部分，有文雅，也有狂放。

广场舞

【第三十章】

母亲站在起舞的人群中，远远地他从她脸上看到了
一种像是怕冷的神色，是孤独。他感觉到无限的
怜悯……

接下来的日子，两支队伍进行了联排。

她们迅速发现了，两段音乐衔接有些问题。

文雅与狂放，两类旋律很难顺耳地连接在一起。中间的过渡怎么办？音乐怎么办，人怎么办，怎么从"职场精英"引出"清洁工大妈"，总不能呼啦啦突然就上来了一群人？

于是赵悦又受到了大妈们的邀请。

现在赵悦已经成小忙人了，媒体这样介绍他：青春作曲家、《你可爱》作曲和原唱者。

赵悦也成了他们歌舞剧院的票房招牌，他嘴里虽嚷嚷，"我是作曲，怎么把我当歌手使"，但其实心里还是高兴的。他对老同学说，我特别招跳广场舞的人喜欢，你别觉得我丢脸，才不呢，要让他们喜欢也不容易的，呵呵，我被他们推着，有的歌能出来有的则出不来，推着推着我就明白了，地气，你知道我在说什么吗，需要接地气，地气，这需要敏锐，尤其需要智慧，这是广场舞教我的东西。

赵悦甚至被自己母校S音乐学院请回学校，给师弟师妹们讲这个"地气"，他的讲座名叫"广场舞教我的那些事"。他现场讲得很逗，结果被一个师弟拍成了视频，放上了网。如果你有兴趣，可以去网上搜来看看，他讲那个清洁工大妈推《你可爱》的经历，就像讲自己遇到了田螺姑娘。

这段视频也被儿科医生韩丹看见了。这女孩在网上搜"穆桂英广场舞队"、《你可爱》的时候，搜到了这段。她笑死了，这人有病啊，什么事都说出去。有一天，她妈张彩凤跑到医院来给她送新做的核桃阿胶膏时，她用手机放给妈看，张彩凤看了一会儿，笑着说，小子还算有良心。

这都是题外话，现在赵悦比较忙是真的，因为需要跟着剧院去各地演出。

所以等他着手做"阅读理想"文化传媒公司广场舞"《梦里水乡》＋《你可爱》"的伴奏音乐联结时，已经是一个星期以后了，妈妈她们都急坏了。

他坐在自己的工作室里，反复地听，怎么也接不起来，因为他想象不出人物形象，在这个过渡口，音乐中的主人公形象，如何从前一曲的克制、柔性，将自己释放出来，进入奔放，乃至颠覆状态，他想象不出来。

这时候，妈妈打电话过来了，说，公司里的阿姨们都催我呢，你今天无论如何弄一个出来，否则排练来不及了，下周就要比赛了。

赵悦想啊想，后来他硬生生地写了一小段，用了点RAP风格，做好，拷在U盘上，从工作室出来，骑上车去妈妈家。

已经是晚上七点钟了，他骑过青春大街、海蓝广场、江湾路……一路向前，经过之地无数支广场舞队在起舞，他在心里数，数到后来就数乱了。当然他听到了《你可爱》《我地盘》。这是他的作品，它们像是他的兄弟，在这街灯照耀、天宇灰红的夜晚，与他在街边相遇，这使他有恍惚置身于梦中的感觉。

是啊，这广场舞，亲爱的广场舞，你好，广场舞。

他骑到了自家小区大门口。门前喷水池旁的小广场上，小区大妈们在跳广场舞。影影绰绰的人们，在夜晚的路灯下，让手臂像花朵一样开放。他跳下车，推着车，看着她们，想看一会儿再回去。他刚才一路上经过那些舞队的时候，也曾有这样的念头，除了这么个夜晚对广场舞有些感恩之外，更主要的原因是刚才创作那个过渡旋律时，想不出形象，没有灵感。

他稍远一点地站在一排茶花树旁，他有意让视线迷蒙一些，让那些起舞者的身影在实景与虚幻间变换，他心里有倾吐不出来的气息，每逢写曲子不顺时，就有这样的感觉。他睁了一下眼睛，定睛再看，那舞队在舞着《草原之夜》，他们身后是一株缀满果实的柚子树。那些柚子在路灯下泛着幽黄的光泽。也就是在这时，赵悦突然注意到舞队中有一个熟悉的身影，哈，是妈妈。

是的，赵雅芝今天吃过晚饭后，在小区里散步，突然兴起，加入了这支小区舞队，现在她在跳。今晚风稍大，但夜空是前所未有的明净，都能看得到满天的星星了。她在舞着，她一向喜欢舒缓、高昂的歌声，她随之舞动时，会有掠过辽阔原野的感觉，她知道当一个人总幻想着某个意境时，是因为他缺少这种环境，比如她总想象着置身原野，是因为自己其实整天感觉拥挤，比如到这个年纪了，真正倦了某种机制，心就想放出去一下，冲破一下，不是吗？

当赵雅芝这么迷糊地、美滋滋地胡思乱想的时候，赵悦站在那边看着老妈起舞。妈妈是老了，手臂那么细啊，这些年她老了。尤其让赵悦感慨万千的是，他从她脸上看到了一种像是怕冷的神色，是孤独。这念头一旦上来，再去看舞蹈中的妈妈，他感觉到无限的怜悯，这些年，自己从来没好好观察她，也从没多问问她，开心吗，怎么想，退休以后怎么过，好像她永远是那么倔不会伤痛的老妈。现在隔着距离，越过那些摆动的手臂，赵悦心里千般滋味，自己从小到大与妈妈相依为命，但从某个角度，比如现在，她居然像一个陌生人，那是因为自己没走近她，没问她，还好吗，最近怎么了，别和别人争了，那个老韩真的喜欢你吗，你怎么想，真的没想过……

那一段深情的旋律，就是在这一刻显现在赵悦的脑海里。他慌忙跳上自行车，骑出小区，往工作室方向骑去。每当灵感来临的时候，他常这样。

这确实是一个情绪暗涌的夜晚。

在离赵悦工作室四公里，离赵雅芝小区六公里的城市湖畔风景区外围，张彩凤正坐在一高档小区的一套大宅的客厅里，和人说事。

雪白的灯光，照耀着宽阔的房间，米色的沙发和墙上韩丹的艺术照。

张彩凤对面坐着的是老韩，她的前夫。

张彩凤这是第一次来这儿，自从韩霆振几年前搬迁新居后，她还没进来过。

今晚她来这儿，是来说一句话。

刚才她在进门的时候，就对满脸吃惊、猜测她来干什么的老韩说，你不用泡茶，我说一句话就走。

结果她说了五句：

一、你真的认定了赵老师吗？

二、如果认定，你得改你那黏黏糊糊的脾气。要直接，不要绕，这不是修养。

三、赵老师强在外面，心里弱着，你中意了她几十年，不会比我与她相处几个月更看得懂她。

四、赵老师人好，是真的好，你和他在很多地方像，这我懂，这就是缘，别错过。

五、我为什么来说这个？是感谢你这么些年来把女儿培养得这么好。谢谢，谢谢。

这前妻性子急，一向强势，老韩了解，但他没想到她这么奇葩地来透底。

当然，回过劲来，他也有些感动。而对于她最后一句话，老韩说，哪里的话，韩丹也是我自己的女儿啊。

广场舞

【第三十一章】

两支舞蹈，先抑后扬，宛若人生，一路奔来，到这
个年纪，不留余地又如何，爱又几多，人生奔涌，
那一张张脸呈现着她们历经的沧桑。

全省企业文化建设大赛终于开场。

所有场面上的惊喜，都不出意外。

"阅读理想"文化传媒公司的广场舞，创意非凡，艳绝群芳，其中的那一段《你可爱》口碑早已传诵多时，作为"病毒式传播"案例，在这座城市乃至全国业界，都已传成了神话，这一次是该作在正式剧场首度亮相，好奇心早已让评委和观众们给它打了必胜的印象分。而等大幕拉开，居然先上来的是一段抒情舞，那么惊爆点呢，在哪儿，在哪儿，别急，马上端上来，果然名声远扬的清洁工大妈们登场了，她们颠覆了先前的片段，来了一个人性的释放，没错，释放，绝对放纵。高矮胖瘦各不同的她们，举着手臂，似在呐喊，跳跳跳，让我跳跳跳。OMG。天雷滚动，神啊，爆发力好像从台上直接打到了台下，她们真是扫地的吗？

前后两支舞蹈，先抑后扬，宛若人生，一路奔来，到这个年纪，不给自己留余地又如何，爱又几多，人生奔涌，那一张张脸呈现着她们历经的沧桑。尤其是两支舞蹈中间，那一小段过场，一个瘦高女人以哑剧似的方式，在隐约的钢琴声中，缓缓挥手，向自己告别，向往日告别，然后把手伸向后台，似在邀约别人，邀约不可知的自己……省舞蹈家协会主席李桂亚说，我喜欢这段，太喜欢了，很艺术，有这么一段，这广场舞大俗大雅了，啊，那个女的是赵悦他妈妈，难怪哪，是赵悦他妈妈啊。

毫无疑问，"阅读理想"文化传媒公司的广场舞获得最高大奖。

"阅读理想"的员工们在剧场里欢腾雀跃，让他们想不到的是，现场来了许多外地的财经记者，他们是来采访"病毒式传播"线上线下互动现象的。

文化记者也少不了，他们是省委宣传部门请来做本省文化建设主题报道的。这个年代飞速运转，价值多元，人人压力巨大，文化是心灵家园，是黏合剂，是减压阀。

比较特别的是，现场还来了许多社会新闻记者，在他们中间，赵雅芝一眼就看到了妹妹赵雅兰的女儿钱珺珺。

社会新闻记者怎么也来报道了？

其实他们是强总自己邀请来的。强总是多么精明的一个人。他哪会错过利用今天这样一个场合。他最近考虑了几个通宵，决定修改门前绿地小广场上的建楼方案，缩小建楼地皮面积，尽量多地把绿地小广场保留下来。

他对记者朋友说，啊呀呀，老百姓要跳舞，媒体也冲着我们喊要跳舞，再这么下去，我可扛不牢了，土管局再这么找我下去，我也快疯了，哦，这个不能写，记者朋友，这是我和你们私下说说的，真正的原因，可以写的理由是，我们公司近来托了广场舞的福，这个广场舞教会了我们不少东西，有益的东西，开启我们眼光的东西，既然这样，那么咱就让老百姓来我们公司门前跳吧，强身健体也好，当作我们聚点人气也好，我这个人高调的话讲不来，就是这个目的，想法上就是这个转变。

人群中没有赵雅芝张彩凤，她们去哪儿了？记者还在找她们呢。

原来此刻她们在后台。

她们刚卸装。赵雅芝刚接过了儿子赵悦递过来的一束百合花，张彩凤的肩膀上刚被女儿韩丹披上了一块披肩。然后他们四个就被一位闯进后台化妆间的男人惊了一跳。

那人一手拉着一只旅行箱，一手提着一只大旅行袋。

老韩，韩霆振。

他把其他人都当成了空气，他径直走到赵雅芝面前，把她手里的那束百合花拿下，把旅行包塞进她的怀里，然后伸手拉住她的手，说，走，咱们走。

赵雅芝们都没反应过来，这书呆子的语气是前所未有的果断，甚至蛮横。他说，走走走，我们去内蒙古透透气，现在走。

他像交代小孩子一样，要她走，现在就走，立刻，马上。

张彩凤差点笑出声来。她轻轻推了一把赵老师。

众目睽睽之下，赵雅芝见他这样子，大窘。这人受什么刺激了，这么多人在面前，有没搞错啊。她感觉自己的脸超热。好在刚才为了表演涂过腮红。

儿子赵悦明白了，瞅了一眼妈妈。赵雅芝就更别扭了，这儿子前些天也不知受了什么刺激，突然跑来与自己聊这个叔那个叔包括老韩，然后说，我发现，如果你在我结婚之前，把你自己嫁出去，这也不坏，否则，我结婚了的话，你会不会受刺激？

也可能是赵雅芝这一瞬间有那么点走神，也可能是老韩使了点狠劲儿，反正赵雅芝被他拉起来，往门口带。

赵雅芝脸神古怪，好似哭笑不得的样子，说，啊哟，我这么穿着演出服去内蒙古？

所有的人都笑了，而老韩这个都当了领导的人，一点没笑。他像是在向自己流水一样过去的时光，向这个他依恋了好多个年月的女人，发急。他对她说，这一次来真的，别黏糊糊的，舞也跳好了，班也上得差不多了，该慢一点了，走，现在就跟我走。

女孩韩丹脸红耳赤，她想伸手去扯他爸的手。张彩凤悄悄拉了一下女儿的衣服。这边赵悦突然禁不住笑起来。他也不知道为什么要这样夸张地笑，也可能是掩饰空气里的局促，也可能是想敲碎僵持。他笑得眼泪都出来了，他像一个做恶作剧的小孩，嘟哝道，抢亲啦，抢亲啊。

于是他听到他们都笑了。而等他擦了擦眼睛，抬起头来，发现妈妈和老韩已经从门里出去了。

赵悦看了一眼韩丹，这女孩子对自己轻轻摇头，小巧的鼻子有些翘，她在嘟哝，怎么办？

张彩凤拍了拍赵悦的肩膀说，随他们去，我发现我们现在需要吃点好的，要不去我家，我做给你们吃，老妈来安排。

图书在版编目（CIP）数据

广场舞：你是我的小苹果 / 鲁引弓 著. -- 北京：
作家出版社，2015.4

ISBN 978-7-5063-7883-3

Ⅰ. ①广… Ⅱ. ①鲁… Ⅲ. ①长篇小说 – 中国 – 当代
Ⅳ. ①I247.5

中国版本图书馆CIP数据核字（2015）第053451号

广场舞：你是我的小苹果

作　　者：鲁引弓
策划统筹：袁　敏
责任编辑：张　平
封面设计：大　仙
封面绘画：王　蓓　尚亚伟
出版发行：作家出版社
社　　址：北京农展馆南里10号　　　邮　　编：100125
电话传真：86-10-65930756（出版发行部）
　　　　　86-10-65004079（总编室）
　　　　　86-10-65015116（邮购部）
E-mail:zuojia@zuojia.net.cn
http://www.haozuojia.com（作家在线）
印　　刷：三河市北燕印装有限公司
成品尺寸：152×230
字　　数：200千
印　　张：16.5
版　　次：2015年4月第1版
印　　次：2015年4月第1次印刷
ISBN 978-7-5063-7883-3
定　　价：28.00元